让思想流动起来

往事与随想

# 旧话

李伏伽 著

四川人民出版社

# 前　言

本书开始动笔于1985年秋，中间因事耽搁，时断时续，于1988年冬完成。

上卷《边城》所记为清末民初之事，下部《风雨泥途廿五年》为1925年至1949年底之事，其跨度共约40年。这40年或许是中国现代史上最黑暗的40年，却是我生命中最艰苦的40年。其间故事，现代青少年们看来也许是神话、好笑的吧。但于我，至今回味起来还是苦涩的。写此书的目的，也是想在他们的蜜罐旁边，放上一小杯苦汁。

本书上部《边城》部分章节曾在《现代作家》上摘录发表，但全书出版却遇到极大的困难。在这"大潮澎湃般般好，唯有文章不值钱"的今天，谁愿接受这个不大符合时尚的东西呢？我本打算抱卷而长终了，幸而后来得到乐山市政协的支持，特别是唐明中和汪岚两位同志的大力帮助，才得以见世。谨缀数语，以表示我衷心的感激之忱。

作　者

1993年9月17日

# 目录

## 上部　边城

一　边城　　　　　　　003
二　源兴号　　　　　　007
三　祖母　　　　　　　011
四　宋士杰造反　　　　014
五　早逝的父亲　　　　017
六　溃决　　　　　　　021
七　祖母的丧事　　　　028
八　幽静的碾坊　　　　033
九　海娃哥　　　　　　035
一〇　阴谋诡计　　　　038
一一　两寡妇　　　　　043
一二　"滇军"进城　　　047
一三　李马刀闹鬼　　　054

| 一四 | 绅粮们失计 | 064 |
| 一五 | 被侮辱与被损害的 | 069 |
| 一六 | 两口子 | 074 |
| 一七 | 青龙！青龙！青龙！ | 077 |
| 一八 | 在尘封的阁楼上 | 085 |
| 一九 | 逃出源兴号 | 090 |
| 二〇 | 听评书归来 | 095 |
| 二一 | 烟与赌之争 | 101 |
| 二二 | 小巷里的顽童 | 109 |
| 二三 | 上小学 | 114 |
| 二四 | 走出马边 | 118 |

## 下部　风雨泥途廿五年

| 一 | 川南师范 | 128 |
| 二 | 由考师大到"二·一六"惨案 | 137 |
| 三 | 危险的旅途 | 149 |
| 四 | 成泸辗转 | 155 |

| 五　川大生活 | 161 |
| --- | --- |
| 六　李静波之死 | 167 |
| 七　苦闷中的探索 | 177 |
| 八　毕业就是失业 | 180 |
| 九　记者生涯 | 185 |
| 一〇　大时代中小人物的浮与沉 | 193 |
| 一一　到鄂西去 | 197 |
| 一二　在《华西日报》 | 205 |
| 一三　一个转折点 | 214 |
| 一四　马中前五年 | 219 |
| 一五　重返马中 | 247 |
| 一六　马边解放前后 | 251 |

# 边城

上部

# 一　边城

我出生在四川盆地西南边缘小凉山东侧的一座偏僻小城——马边。马边在汉代属西南夷地区；隋唐以后，历朝对小凉山以东的少数民族实行羁縻统治，先后在现今的雷波、马边、屏山和沐川地区建立马湖部、马湖路、马湖府等地方统治机构。马边在马湖府的北面，在"边徼之末"，故名马边。

马边是一个年轻的小县。它原本是一个防制彝人的军事堡寨。清代初年，由于外来的移民渐多，可以耕种的土地开垦得不少了，才设置厅治，民国后改称为县。

马边城后靠营盘山，是旧时营垒所在。山梁上由西折向东有三座炮台，居高临下，拱卫县城，控制着由彝区出来的要道。炮台里安有铜炮，最大的重约七八百斤，称为"大将军"，其次的也重约四五百斤，称为"二将军"。每当有什么事变，县城危急时，厅的最高长官兼管民政和军事的同知，就斋戒沐浴，焚香禀卦，叩请"将军"出战。炮台里的官兵也杀鸡宰羊，在炮筒子上淋些血，粘上些鸡毛羊毛，叫作祭炮。

从大炮台下望，整个马边城尽收眼底。全城呈裹肚形：西南两条狭长的街像弯曲的带子，城区的主体则像下垂的肚袋。正当袋底，有一座高高的阁楼，那是东门城楼。按说，裹肚是装钱的，马边得了这风水之胜，应该是富有的，可它却很贫穷，原因就在于东门那个洞，把什么钱财都漏掉了。曾经有个厅的长官在东门外筑了一道照壁，想把那洞孔堵住。但光绪二十八年（1902）涨大水，把照壁冲掉了，人们认为这是天意，是不可改变的，以后就没有再修了。

沿着城墙脚，由南经东而北，像一条翠绿的绸带镶嵌在裹肚边缘的是马边河。它从大凉山深处的黄茅埂流来，一路上都是高山峡谷。被紧紧束着的水流，像一条蜿蜒的巨蟒，在丛山中挣扎、蜷曲、翻腾。湍急的水流冲着岩石，翻起满河雪浪，发出殷殷洪洪的闷雷般的吼声。它是犷悍的、野性的、狂放不羁而具有无穷无尽的力量的，一如这儿的山民。

马边河除去夏季发洪水以外，一年中的大部分时间都是澄澈晶莹的。所以在历史上它叫清水河。尤其是在北门外那一段。因为水深而静，显得格外绿。绿得像什么呢？像碧玉？可没有它的深沉；像一面巨大的绿色明镜？可又没有它的妩媚。

从这儿向下不远，河流转弯处是一个大滩。人们传说那里原来也是一个深潭，一到月明人静的深夜，便有一对金鸭儿在水上游放，天一明它们就钻进水里。后来有个外国神父到马边来传教，把这宝物盗走了。从这以后，那儿就出现一个大滩。人从远处望去，很像绿带上缀的一朵雪白的花，所以它叫作爆花滩。

马边县城是很小的。全城只有一条由北到南的"正街"和一条与它相接的西街,此外就只有不多几条狭窄弯曲的小巷了。城里也不过五百来户人家,还比不上内地一个大镇。

马边居民中有不少的是所谓"外河人"。从前有一首民谣:

好个马边城,

山高路不平;

好个红花女,

嫁给外河人。

"外河人"主要有三种:一是清朝初年,在湖广填四川的大移民中,由两湖、江西和安徽等省迁移来的。马边城虽小,但同乡会馆却很多,如江西人的抚州馆、安徽人的荣禄宫、两湖人的湖广馆等,就是明证。当然,这些外籍移民,因为年代久远,子孙繁衍,事实上已成马边的土著居民了。

再一种是外来的小商贩和"挑儿客"。他们由犍为县清水溪贩运或帮人担运山里用的盐布酒锅,洋广杂货,一路上翻越鸳鸯二坡、安蔡二山、卡房坡、麻路冈、观音岩、分水岭等大山陡坡,用三五天时间,经过二百一十里到达马边;然后,再由马边把山里出产的茶叶、笋干、五倍子、牛羊皮等山货担出去。要是他们身体结实、禀性精灵、善于积攒又运气极好,如不生病、不遭匪抢、不被袍哥、地头蛇吃掉的话,那么搞个五六年,他们有一笔稍大一点的本钱,就可以在城里开个铺子,做坐庄生意,并且讨个老婆,成家立业,成为本地人了。

而更多的是外地破产或逃荒来的农民。每年春荒时候，都可看到这样的逃荒者。他们有的是单独的，什么也没有；也有的是一家子拖扯在一起，那丈夫甩一担箩筐，一头装些破烂，另一头装着一个或两个三五岁的小孩；妻子背着一捆破棉絮，身后还跟着一个更大一些的孩子。他们大都来自小川北的安岳、乐至，也有从较近的资阳、仁寿来的。他们帮人打短工，置担木桶下河挑水卖；有的到边远山区，搭个棚子，开垦荒地。这样久了，也成为马边的居民了。

## 二　源兴号

我家原来也是"外河人"，是清初从安徽六安州迁来的。

我父亲以前的几辈人都是做生意的，经营面房、糟房，商号叫源兴号，因为生意兴旺，积攒了点钱。到我祖父时，感到商而不绅，有钱无势，常常受人家欺侮，出了钱还要受气，他发狠购置了几十石租谷的土地，挤入"粮户"之列；同时又把我的父亲和幺叔送去读书，后来都成了秀才。

我的大伯，因为是长子，便在家帮助祖父经营生意。

大伯名廷祯，字克生。他为人直爽、豁达、粗疏，也有一点儿豪气。他受了《水浒传》的影响，很敬佩及时雨宋江。清末，哥老会在马边流行开来了，他加入了仁字公口，成为管事五爷；不久之后，就以他的疏财仗义、好管闲事、好帮助人，赢得了人们的尊敬，当上了龙头大爷。他小时出天花，烂了痘子，满脸都是黄里带黑的大麻子，被人称为"洒金李麻子"。他对这个诨名很得意，因为这颇像水浒英雄的绰号。他常常在家里宴客，高朋满座、喝令豁拳，闹得一屋不安。也有一些拜码头的袍哥来我们家，有的拿着一张红纸片子，有的只是空着手。他们一见到大伯，就把双手拱到额前，屁股一歪，右膝下跪，大声报告说："龙头李大爷在上，我兄弟姓×，草字××，××小码头。久闻贵龙码头山清水秀，地灵人杰，特来拜候。我兄弟多在江湖，少读诗书；礼节不周，言语不顺，还望龙头李大爷高抬贵手，格外包涵……"这些拜码头求张罗的袍哥，他都要招待。有的就住在源兴号里，烟饭两开。

有一年，外河来了一个跑滩的叫李老幺的小伙子。他用一条青湖绉帕缠个大套头，把左脸也遮去半边。他自己说是因为赌钱，跟别人打架，动了刀子，挂了彩。大伯知道他是个浑水袍哥，这刀伤的原因，也许不如他说的那么简单。但是，他既来投靠，大伯出于江湖义气，不便拒绝，把他留下了。不久之后，大伯听到风声：李老幺在屏山县犯了案，官军正在捉拿，叙府已追查到马边来了。

伯父找李老幺来问，他一口承认。

他双膝跪地说："李大爷，你对得起我。你是有底有实的绅粮人家，我不能连累你。李大爷就把我抛了，我兄弟蹲圈子①、拿梁子②，不得拉稀摆带！"

大伯拍着桌子说："你说啥？你把我李克生看成啥子人？我不收留你就说不收留你的话；我已经把你收留了，又来翻黄掉底，把你抛了？"

---

① 蹲圈子：坐牢。
② 拿梁子：砍头。

## 二　源兴号

大伯送了李老幺盘缠，让他逃走了。

当然，大伯为此吃了官司，被抓去关在监里。祖父四处托人说情，向衙门里送银子。好在这是屏山县的案子，马边厅的同知乐得做个人情，呈复叙州府，说李马刀跑滩到马边，曾向李克生求张罗，现已他去。李克生委实并不知情，云云。这样花去一千多两银子，关了大半年，大伯才被释放了。

出狱那天，马边三堂袍哥都来道喜。大伯一出衙门，人们就给他簪花挂红，敬压惊酒。一大群人把他簇拥着，穿过正街回家，一路上都有人放鞭炮。前来家里道贺的亲戚朋友也很多，一片喜气洋洋，简直好像一年前祖父满一轮花甲做大生时一般。

然而祖父却没有出来见客。他病了，独自睡在床上，正悄悄抹眼泪。对于他来说，这不是喜，而是忧。

祖父一生勤劳节俭，是个极本分的生意人。这份家业是他一文钱一文钱地积攒起来的。多少年来，每天夜里，吃罢夜饭，他就坐在柜房里，打开钱柜，和掌柜胡二爷一同清点当天的收入。数满一百，放在钱盘子的一个格子里；积满十格，就用钱串子穿成一串（每一串最后的一百都一百扣二，即九十八文。总数九百九十八文，绝不多一文，也绝不少一文。在这点上，源兴号的信誉是极好的）。然后把它放在他卧房的床下，积到十多串再换成银锭，放进床头的一个红漆木柜的暗层里。在以前，这些柜藏的银子是要买田置地才能再见天日的，而现在，却白花花地像水一样地流掉了。

这是祖父绝对不能容忍的。在他这个生意人家里，出了伯父这么一个异类,简直好像在他的背上长了一个致命的恶疮。这个败家子,早晚要把这份家业出脱的!但祖父拿他没奈何。他觉得这好比一个妖孽,已经修炼成功,能腾云驾雾、呼风唤雨,就算有孙大圣,也难以为力了。他只有阴在心里怄气。他本来有心口痛的毛病,一怄气就更加沉重;这样过了一年,就郁郁死去了。

祖父死后,大伯当家。他不光大手大脚地挥霍,而且他本来就不是做生意的材料,却好大喜功,要于糟房、面房外,再开个匹头铺。

宣统三年(1911)的秋天,他收集生意上所有的活动资金一千五百多两银子,带着他的干儿子海娃,到成都去买货。腊月底,他空着一双手回来,货没有办,银子也没有了。

他大大咧咧地向人宣称:这是因为现时沿路州县乡镇都在开山立堂,设立公口,他走到哪里,都要应酬一番。待走到新津的邓公场时,保路同志会起来了,成都的路不通。他把银子用褡裢装上驮在马鞍后往回走。走到彭山,遇见不听上复的同志大王要劫夺他的银子。他豁出命来策马飞奔。结果人倒是跑脱了,但布褡裢被银锭锋利的边口割破,银子全漏掉了。

但是,海娃哥悄悄告诉祖母说:是伯父把银子都送给同志军了。

这时马边也在闹同志会暴动,因为没有什么组织,所用武器都是刀矛和火药枪,给驻防马边的镇边营镇压下去了。祖母骇得了不得,以为这是造反,要抄斩满门的。她一再告诫海娃哥,千万不要把这事讲出去了。

## 三　祖母

祖母是源兴号极其能干的内管家。

她的身体很好，尽管是缠了脚的，行动却很利索。每天总是天刚麻麻亮便起来，这时要是谁的房门还关着，她就拍着门叫喊。从这以后，她拐着一双长四寸左右的小脚，不停地走、不停地做、不停地说。她腌咸菜、做豆瓣酱，一做总是管全家吃一个对年。坐下来就绩麻绳、纺棉线、打鞋底。她善于在土白布做成的小人衣服上用细麻线扎成花子，自家用蓝靛染好，再用剪子细心地拆去麻线。于是，在蓝底的衣服上面就出现了白色细线条的花纹，如鲤鱼跳龙门、喜鹊闹梅和野鹿衔花等，周边还带有蝙蝠或万字的图案。这样的衣服，我们只有在逢年过节或走亲戚人户才穿，时间一过，又脱下来收藏着了。

祖母极其节俭，对我们小人的要求也严。吃胡豆不许吐壳，吃茄子不许光挑心，掉一粒饭在桌上必须拾起来吃去。她警告说：抛撒五谷是要遭雷打的。不过，她却不吝啬。只要有乞丐到门，总要给一碗半碗饭，没有饭也要给一文铜钱。亲戚邻居有了困难，常是背着祖父给一些帮助。她不像祖父那么痛钱如命，倒有些如大伯般的慷慨大方。所不同的是：大伯是为了"义气"，而她却是为了"积阴功"。

祖母是极其迷信的。她相信有阴曹地府；人死了还要转世投生，或是生于富贵之家，或是出身贫贱，甚至成为畜牲，这就要看人在这世是做好事，还是为非作歹了。她也相信无处不有鬼神，灶有灶神；猪圈有猪儿菩萨；河里有水鬼；山上有管理百兽的山神土地；夜行人迷路，那是倒路鬼在作怪。她的忌讳很多：要走哪里去，得翻翻黄历看宜不宜于出行；打个灶要看方向犯不犯"煞"；暑天下酱，一定要避开"满日"；眼皮跳，准是有什么不吉利的事情。她吃斋的日子也多：每月初一、十五要吃斋；另外还有十九的"观音斋"，二十九的"灶王斋"，七月间的"盂兰会"，九月从初一到初九的"九皇素"。家里有人生病，她总是先求神、许愿。我四五岁时，要是在外面受了惊或者跌了筋斗，她就给我"招魂"。她点燃一把香，叫我紧紧跟随在她身后，从屋前到屋后，拖着漫长的声音，像唱歌似的喊道：

"李二娃呀，隔河隔水要回来哟！"

"李二娃呀，摔倒吓倒要回来哟！"

她每喊一句，我应一声"回来了！"她就在地上插一支香。香头的小红火在暗夜里连成一线，像一串小星星，十分好看。我觉得这很好玩，有时本来没有什么事，我也撒个谎，要求她给我"喊魂"。

我的祖母不识字，但她见多识广，喜欢听讲"圣谕"，念"善书"。她自己也会讲故事。夏天夜里乘凉，或者冬天晚上她的腰腿痛，要我们给她捶捶，她就给我们讲故事。她告诉我们光绪二十八年（1902）水打马边城，她亲眼看见北门河上一对红彤彤的灯笼，那是蛟的眼睛。马边厅衙门二堂后面有一座狐仙楼，那狐仙极其灵验也极其正直。要是厅的大老爷是个清官，她便安安静静；要是是一个贪官，她便兴妖作怪，半夜里飞沙走石，在他的枕头上放一条蛇，或者在他炖肉的锅子里丢下一团马屎。

她讲的故事中，最使我感兴趣的是"宋士杰造反"。

## 四 宋士杰造反

"这是真的。宋士杰是道光年间人,家住走马坪老屋基。我爹说他小时曾亲眼见过他使用过的一把关刀。"祖母的故事总是这样开头的。

"宋士杰家里有田有土有庄园,很是殷实。他原是武秀才,力大无比,武艺过人,性格却很耿直,喜欢打抱不平。他见朝廷无道,官吏贪赃枉法,地方上的团总保甲欺压老百姓,便决心造反。他暗暗联络了一批穷人弟兄,私下在山里打造兵器,等到时机到来,就夺取大清天下。这股杀气上冲天庭,在北京朝廷的观星大臣,夜观天象,看出来了,急忙上奏道光爷。道光爷下诏叫四川制台童大人查办。童大人来到马边,化装成一个游方道人,先在城内茶坊酒肆、大街小巷,私查暗访,都没打听到什么消息,便下到乡间。

"一天,他来到老屋基,见一个大汉牵着水牛,要过一条小溪。那溪沟宽约两丈,溪边的坎子高约八尺,牛下不去。这人撩起衣服,把牛抱起来,飞身一跳,跳过溪沟。童大人见了大惊……"

## 四 宋士杰造反

"这个人是谁呢?"听到这里,我们急忙问。"你们猜呢?""宋士杰?"

"对,就是宋士杰。"祖母说,"宋士杰见来人是个道士,很敬重他,请他到他家去。童大人坐定后,宋士杰去给他捧茶;可他捧出来的茶盘是个石磨盘,茶盅是个石碓窝,两件合起来,少说也有五百斤重。童大人心里明白了:这就是他要查找的人!他诳称他是青城山的天师,因为仰慕宋士杰的为人,特意从青城山来会他。又说,和他同来的还有一个道兄,现住在城里,请宋士杰一同去见一见。宋士杰信以为真,随同他进城。刚走到衙门口,童大人发一声喊,衙门里冲出来几十个提刀执棍、如狼似虎的兵丁,一下子把宋士杰抓住,捆绑起来"。

"当夜童大人命令找来木匠,用青杠木做成个结实的囚笼。第二天把宋士杰装进笼子里,用八个人抬上,准备押到省上,听候朝廷发落。谁知一出衙门,笼子里的宋士杰用力一挣,挣断锁链;再抓住囚笼一摇,那结实的木笼便像洋火匣子一般的散了。他跳起来就跑。兵丁们在后面追。追到南门上,看看追不上了,便放箭射。宋士杰顺手取下一扇城门,背在背上,当作盾牌。急雨般的箭射在门上,一扇门密密麻麻攒满了箭,好像一只极大的毛刷。

"宋士杰跑到岩鹰脑河边,却没有船。他把城门扇往河里一放作为筏子,再把岩鹰脑庙前一根杉木灯竿拔下来做篙竿,只一点,筏子像箭一般地飞向河对岸去了。

"宋士杰回到老屋基,还来不及召集他平时联络的弟兄,他的庄园就被童大人率领的成千上万的兵勇团团围着了。宋士杰纵是武艺了不得,可一双手也难以抵敌啊!怎么办呢……"

"怎么办呢?"我问,着急得不得了。

"有办法的。"祖母说,"他的庄园四周都密密实实种满了竹子。忽然间,所有竹子一齐爆开,每一竹节里面都有一个手执兵器的小人。刚从竹节跳出来时,身高不过五寸,可是一落地上,见风就长,一会儿便成了一个又高又大的勇士。宋士杰率领这些勇士一阵冲杀,把官兵杀得大败,逃回城去。宋士杰紧跟着又率领人马,进攻县城。童大人急了,一面向省里制台衙门赶调援兵,一面张榜征求退敌的办法。也是天意使然,老屋基的曹团正一向欺压乡民,无恶不作,和宋士杰是个对头。他这时正在城里,就向童大人献计说:宋士杰之所以这般厉害,是因为他家祖坟埋得好,在龙头山上,后人将有九五之尊。现在赶快去把他家祖坟挖掉,把风水破了,他就没办法了。童大人依计,派人随同这个团正在黑夜里悄悄缒城出去,把龙颈挖断了……"

"后来呢?"我紧张地抓住祖母问。

"后来宋士杰战败,被清兵杀了。龙头山挖断后,就改名为挖断山。"

"还有后来呢?"我仍扭住祖母不放手。

"你拿把锄头来吧!"

"当真的?"我疑惑地鼓着眼睛。

祖母笑着说:"傻二娃,没有了。你就拿锄头来挖,也挖不出来了!"

## 五　早逝的父亲

我才五岁的时候，我的父亲就去世了。

父亲是患痨病吐血死的，死前半年就倒床了。我见他一咯一口血，用一只大茶杯接着，一会就吐满一杯。我妈叫我端去倒在茅厕里。我很害怕，不敢接那杯子，胆怯怯直往后退，一退出房门，就一溜烟地跑去玩了。

他临死时，却没有吐血，仿佛那血已经吐完了。他的脸色青灰，鼻子显得奇怪的薄而且尖，两个颧骨耸得很高，两颊却下陷成深深的两个窝子。他的眼睛微闭，只见灰白的眼白。祖母把他搂住，一声赶一声地呼唤他的小名："二官呀！二官呀！"他却没有一丝儿反应。

冬天的午后，天气很阴暗，还不过半下午，就好像要黑了似的。刮着干冷的风。屋后黄桷树上一群老鸹哇哇地叫着，那声音带着哀怆，好像人的哭唤一般。没有谁理我。我觉得没有我的事，就拉着哥哥出去玩了。

一会儿，海娃哥来把我们找着，一只手一个拉了回去。家里的人都在堂屋里跑进跑出，忙乱极了。在堂屋中间，父亲直挺挺地仰卧在一张门板上，脸上盖着一方白布。在父亲尸体的两旁，祖母和母亲各坐在一张矮凳上。祖母的脸似乎一下就缩小了许多，又全布满了深深的皱纹。她只用枯瘦的手抹着眼泪，却愈抹愈多。母亲双手蒙住脸，前仰后合地号啕大哭。她还断断续续地数落着，说些什么却听不明白。我隐约觉得我从此丧失父亲了，但这意味着什么呢？我不明白。

下一天，父亲被装进一具黑漆的棺材里去了。人们正忙着搭灵堂。伯母用整匹的白布撕成四五尺长一节的孝布。家里人除开祖母外，都拖上了孝帕子；我和哥哥更特别，头上都戴着麻冠，穿着粗麻布做得像马甲一般的长背心。那样式既难看，穿着也很不自在，觉得实在憋气。

灵堂很快搭成了，祖母严令我们就守在灵前，不准随便离开。只要吊孝的人一来，我们就得赶快跪在地上，要等到吊孝的人上了香，行完了礼，我们才能站起来。我是比较老实的，灵堂里悲怆严肃的气氛，也使得我格外规矩一点，但比我长两岁的哥哥却极不安分。当放鞭炮的时候，外面一些赶热闹的小孩进来抢拾未爆的火炮，他从地上一跳起来也去抢。这给幺爸看见了，就在他头上狠狠凿几个爆栗子。他抱着头蹲在地上哭了。祖母来把他牵起来，她一面诓他，一面摇头、抹眼泪。

这就是我父亲留给我的最深的印象了。

关于他的为人，以后在我长大些时，才从母亲口中大约知道一些。她对他的叙述和感情是矛盾的。

她在心平气和的时候，就向我称赞父亲。说他斯文，脾气

## 五　早逝的父亲

好,从不跟别人吵嘴。他的面皮子薄,不大说话,走路总是把头埋着,像个大姑娘。有亲戚上门,他不出来应酬;家里有什么事,哪怕闹翻了天,他只管在屋里看书,不闻不问。人们都说他很有学问,将来会取得功名的。他在清末最后一次的科考中成为秀才。后来,科举废了,县里要兴办学堂,派他到叙府速成师范讲习所学习。那时候,他二十多岁,已经结婚,哥哥和我都出世了。他抛掉向来娴熟的经书和八股文,改学新式学科,可能是很吃力的,但他却以优等成绩毕业,回来后就办起了马边县高等小学堂。人们都尊敬他,称他为"二老师"。我母亲也常教我要好好读书,像父亲那样。

但是,当她悲伤的时候,她又抱怨父亲了。她说他是书呆子,以前只会读书;后来办起了学堂,又只晓得教书,不关心我们娘儿母子。她同他结婚七年,他只在叙府读书时,给她买过一支三钱重的金簪子,衣服也没给缝一件。她先是穿嫁时衣,以后是祖母按源兴号的规矩,统一缝制的。他教书的薪水,除了买书外,全都交给账房上,没有存一文钱的私房。小学堂在箭道子,从北门我家到学堂,不过抽一袋水烟的工夫,但他却住在学堂,很少回家。星期天回来,像初上门的生客似的,狗都要迎着他吠。

祖母责备他:"你这也太过分了!"

他无声地笑笑:"不空啊!"

"那么,晚上呢?"

"学生有外乡来住校的,年纪都很大,读过私学,有的连《四书》《五经》都读过了。一群年轻人住在学堂里,没人管不行。"

"这学堂只有你一个教习？你这是私馆么？"

"学堂倒是有几个教习，但是只有冯斗山和我两人是在叙府读过新学的。"

"没有见哪个教书像你这样痴的！看你那样子哟，才不过三十岁的人就瘦得来跟老青猴一样。你还要不要命？"

真的，这时候，他经常咳嗽，有时痰里已带血了。但他一面服药，一面照常工作，直到在学校开腔大吐了，才回到家来。

说到这里，母亲就又是伤心，又是怨恨，抱怨说："这短命鬼啊，他心里只有他的学堂，哪还想到我娘儿母子……"

## 六 溃决

父亲逝世那年,马边小凉山地区的彝人爆发了大规模的动乱。

小凉山比起大凉山来,山更高、坡更陡、溪谷更幽深,遮天蔽日的原始森林也更广大。那儿没有什么像样的道路。彝家也没有村寨,基本上都是单家独户,住在高高的山头上。在生产上,由于山高、土薄、气候冷,自然条件很差,还保持着原始的刀耕火种的状态,生产的水平很低。彝人的主食是包谷,贫穷的彝人还得在里面掺上些青蒿,这样做成的粑,颜色青黄、味道苦涩,没有吃惯的人,是难以下咽的。

彝人的生活是相当单调、寂寞的。黑彝,也就是奴隶主,不事生产。他们消磨时光的办法是抽鸦片、擦枪、烤火或晒太阳——如果是晴天的话。白彝和娃子呢,是砍柴、背水、种地或放牧牛羊。每逢阴历二、五、八城里赶场的日子,他们为了生活上的需要,也为了改变一下生活方式,就进城赶场。他们带来小猪、公鸡、笋干、牛羊皮、熊胆,买回盐布酒锅、针线布匹。他们小心地、固执地、一分一毫地计算价钱,审查银子的真伪和轻重；而汉人们，特别是那些专门做"蛮生意"的狡猾的商人则装作亲热地叫他们"亲家"，跟他拍肩膀、挤眼睛；用在袖管里捏手指的方式讲价钱；或者请他们喝上半斤、一斤包谷烧酒。当把他们灌得稀里糊涂的时候，过秤时耍手脚，在算账上麻他们。他们喝醉了，走得摇摇晃晃，有时就倒在城门边或人家的屋檐下，像死人一般地卧着。等到第二天醒来时，才发现上当了，嘴里被顽童塞上马屎，耳垂上的珊瑚珠子也给谁偷去了。

旧时代，人们就是这么肆无忌惮地欺骗、侮弄、掠夺彝人；而性格粗犷、恩怨分明的彝家，在受了不公道的对待之后，又岂能善罢甘休？

长年积累起来的仇恨，像拦蓄起来的水，越积越深。一遇上新的事端，给提供一个缺口，那么溃决而出的水就会成为汹涌的洪流了。

马边这次彝人动乱，是因为"当差"的吼卜家黑彝阿甲逃跑了。

从清朝以来，马边厅的长官为了防止彝人"作乱"，强迫一些有势力的家支头人到厅里来"当差"，也就是作为人质，关押起来。吼卜阿甲是民国二年（1913）来衙门"当差"的。他当时四十三岁，身高六尺，头大肩宽颈项粗。紫黑色的脸膛上方正的下颚和隆起的鼻子轮廓分明，好像是刀削成般的。他有一对下陷、深沉而熠熠有光的眼睛，一口整齐的白生生的牙齿，他的相当大的嘴巴经常紧闭着，成一字形。

## 六 溃决

当他被押到大堂上，在公桌前一站，坐在桌案后的知事觉得眼前好像竖起了一座黑黢黢的铁塔。

"反蛮！"知事眉头一皱，心里嘀咕："看这样儿就是一副反相！"

"你就是阿甲吗？"他问。

阿甲冷冷地看着他，没有作声。

"你来当差，要好好守规矩，要约束彝人不要反叛。如若不遵，本知事要拿你是问！"

"知事大老爷！"阿甲开口了，出自宽阔胸膛的洪亮的声音在大堂里回响："桃三年，李四年，雁鹅一年飞一转，当差有个日子吗？"

"照规矩，三年。三年满，没事，就放你回去。"

"你说话是一点雨一点湿的吗？"

知事没理他，示意在旁的典狱给他戴上脚链。链子长不到一尺，两端各有个粗粗的铁箍，箍住脚颈。另外，在他的颈上也拴上一条铁链，这却又重又长。

知事一挥手，典狱牵着链子向阿甲说声："走！"

阿甲又阴沉地看知事一眼。他回过头来，刚一举步，脚上的链子一绊，一个趔趄，差一点跌倒了。他察觉到知事的脸上浮出一丝几乎看不见的笑意，立刻站定，而后，拖着链子，徐徐地挪开脚步。他的脸仰着，头上硬翘翘的"天菩萨"直端端的指向天空。

关彝人的监狱是大监后面一间特设的牢房。它比大监小，也比大监阴暗、潮湿。屋中间地上竖立一根两尺高的粗大石桩，

·旧　话·

阿甲和另外两个早来的"当差"彝人颈上的铁链的另一端就拴在这石桩上。光光的土地上除屋角有个粪桶外，什么都没有。那两个彝人都是老毛苏①，身体不好，经常蜷在地上睡觉。阿甲却像一只庞大的黑熊，他整天拖着链子，绕石桩走。每走一步，脚颈上的铁链哐啷一声。脚颈上的皮肤很快被磨破，出血了。铁链碰着伤口，痛得钻心。他皱着眉，咬住嘴唇，仍还走着。一年以后，他的脚颈长出了老厚的茧皮，不再痛了。他走得更加沉着。在泥地上，绕着石桩出现了一条浅浅的圆圈，好像一个碾槽。

三年满后，没有放阿甲。一个常给他送饭的狱丁悄悄告诉他：要出去，得给知事大老爷和典狱都送点财喜。

他问："要送多少？"

"一挑两挑都不论。你越苏气，大老爷越喜欢，你就可以……"他用手在颈项上比画，表示解掉铁链。

阿甲告诉洗马②，要她送银子。

银子送了，但是没有动静。

阿甲不能忍耐了。他在牢里"啊！啊！"地吼着，在深夜里传遍全衙门，也远远传到街上，好像猛兽在吼叫。

典狱来了，呼斥他："阿甲，你不守规矩，你在嚎些啥？"

"大老爷说过，当差三年，一点雨一点湿嘛，为啥不放我回去？"

---

① 老毛苏：彝语，老人。
② 洗马：彝语，妻子。

## 六 溃决

"左路彝人又在汉人地方抓娃子,知事大老爷正要问你哩!"

"这不是我们吼卜家干的,跟我啥相干?黄牛是黄牛,水牛是水牛嘛!"

"但是,你们彝家也有规矩,抓到黄牛便是马!"

典狱转身走了。

"阿博!"阿甲愤怒地一声高叫,声震屋瓦。他抓住那由颈上垂到胸前的铁链,猛力一扭,粗粗的铁链在他铁钳般的掌中扭曲变形了。他只需再用些力就可扭断,但他没有再扭。

要过年了(彝家习俗是阴历十月过年),阿甲的洗马来看他。他要她给他做个大粑来过年。彝家的粑是用包谷煮胀,磨细,放在锅上烙成的。一个粑厚四五分,大五六寸,重达半斤以上。这样的粑放上十天半月也不坏。阿甲的洗马给他做来的粑特别大,好像一面小型的铜锣。他把粑举起,向在牢门小窗孔边的典狱阴沉一笑:"这个粑可以吃三天了!"

夜间,在黑洞洞的牢房里,阿甲掰开包谷粑,里面有把剖猪也解牛的尖刀。

白天,阿甲不再绕着石桩走,也不吼叫了。他只是睡,睡得呼呼打鼾。晚上夜深人静后,他便用刀剔墙。墙是砖墙。旧时的砖都大而薄。砖的砌法是一横一顺,中间有空,便填上泥土。他用手指摸着接近地面的砖头接缝处,用刀尖轻轻地剜石灰。为了不发出声响,他只能轻轻地、一点点地挑。天明前,他睡下了,把挑下来的石灰屑压在身下,身体蜷曲着,恰好挡着那块砖。起来时，便让察尔瓦①留在原处。

经过三个晚上的挑剔，第一匹砖活动了。有了缺口，这以后的进展就快了。在第四天的半夜，他把砖一片片取下来，墙脚下出现一个可容一个人爬出的洞。他把头伸出去，外面黑黢黢、静悄悄，有阴凉的风吹到他的脸上。多么新鲜、凉爽的风啊！他的心猛烈地跳着，有些发热出汗了。他把那两个老毛苏唤起来。他先扭断了自己颈项和脚颈的链子，再帮助那两个老毛苏，使他们也得到了解脱。他们从洞里钻出来。阿甲像条鱼那样轻捷溜滑，三晃两晃，就由衙门旁边箭道子的巷子爬上文昌宫，纵身跳下小西门城墙，向营盘山逃去。当他绕过南炮台，向乱山子方向走去时，他转身向山下的马耳朵②最后看一眼，用力吐了一口唾沫。

阿甲一回去，立刻就采取了行动。

开始时，只是他家的彝人对沿边的农户进行突袭，蓦地而来，蓦地而去，时间和范围都有限。以后，阿甲又邀约了他的亲戚和跟他有关系的家支头人，一同钻牛皮，喝血酒，订立盟约，发展成几个家支的大举进攻，范围就遍及马边西南地区了。一天夜里，上千的擎着火把，挥着火药枪、梭镖、弯刀和青杠棒的彝人从南面乱山子扑下来。他们声言要夺取"马耳朵"，整个马边城都被吼声震动了。

然而，彝人却没有真的来扑城。他们的原始武器到底敌不过

---

① 察尔瓦：彝语，披毡。
② 马耳朵：彝人称马边为马耳朵。

军队的毛瑟、九子枪。

官军也没有力量深入"进剿",却采取了一种更狡猾、毒辣的手段——"摸夜螺蛳"。这是招募沿边熟悉彝情和彝区地理的汉人组成夜袭者,每三五人为一组,带着利刃,潜入彝区。白天,他们藏在密林里,侦察好对象;夜里就偷偷摸进彝人的住房。那房子的门墙十分简陋,是可以轻而易举地钻进去的。彝家没有床,睡觉一般就倒卧在火塘边的地上。偷袭者凭借火塘余火的微光,或循着彝人发出来的鼾声,把刀安在他的颈上,用力切下去。就这么不声不响,干净利索地割取了首级。要是行动不顺利,彝人惊觉呼叫,引起斗争,那也无碍。别家彝人住得还远呢!他们只需出得门来,往林子里一钻就安全了。

割回来的首级在颁赏以后,官府老爷们为了炫耀武功,威慑彝人,还要挂出来示众。

在南门外红岩子的大路上,一边是山,一边是陡坎,下临马边河。在坎边有一排黄桷树。首级用绳子络好,挂在树枝上。顽童们就用石子掷它做游戏,看谁打得最准。当它被石子击中时,便卜地一响,轻轻地摇晃一下。

海娃哥以为这"好看",带我去看。我只晃一眼,就吓得把头掉开,硬拉他往回跑。一连几天晚上,我都做着噩梦,从梦中吓醒来。

## 七　祖母的丧事

一天，在吃夜饭的时候，祖母的筷子掉到地上去了。她弯腰去拾，一下软软地跌在地上。我妈去扶，扶不起来；伯母赶来相帮，把她抱来放在一张太师椅上。只见她嘴角歪斜，两眼翻白，有出气，没进气。伯母叫海娃哥快些去找大伯，大伯还没来，她就落气了。

人们都说祖母福气好，无疾而终，死后丧葬，又极其荣耀。

她的棺木是早就准备好了的。六件头都是上好的香樟木，镶好后，刮上膏灰，细细打磨之后，就一层漆，一层大绸，一共糊了三遍。以后，每年秋天再上一层漆，一共漆了十来层，合起来，少说也有四五个铜钱叠起来那么厚。灵堂的布置比父亲的堂皇，开吊时间也长得多。灵前整天红烛高烧，香烟缭绕，焚化纸帛的灰在空中飞扬，阶前地上铺满了鞭炮的纸屑。头七以后，又请来了和尚念经，做道场，钟鼓、木鱼和和尚拜忏念经的声音响成一片，一直闹到深宵。家里人和来相帮的亲友都忙得脚板翻。大伯是当家人，又是嫡长子，就更为辛苦，他熬红了眼睛，声音也沙哑了。

## 七　祖母的丧事

七七过去，吊孝停止，灵堂也撤去了，但坟地还没找好，棺材不能下葬，仍然停在堂屋里。棺下昼夜点盏长明灯，棺前设灵位，摆着供品，早晚由哥哥和我上香叩头。

伯父一心要为祖母找个风水好的坟地。本地阴阳看了几处，他都不满意。他特意用厚礼从犍为请来一个叫尹万山的风水先生，住在书房里，好酒好肉款待。白天，他陪着阴阳先生下乡踏地。要是路程远了，他骑马，那阴阳先生坐轿子，海娃哥背个夹篾背篼，里面装上罗盘、酒菜、点心、茶壶、水烟袋和阴阳抽的鸦片烟具等，跟随在后面。晚上，阴阳抽鸦片，他不抽，只坐在烟榻的另一边陪着，和他一同研究坟地风水。

这么一拖，就是半年。第二年春天，棺材里的尸体发出臭味来了，只得把棺木抬到乡下浮厝。堂屋里，在神龛下，另设一座纸扎的灵房，这是伯父从嘉定请来匠人制作的。房子高约五尺，前后四五进，一进比一进高，崇楼峻阁，金碧辉煌，在人间，我从来没见过这样美丽精致的房子。我以为人们说的天宫、龙宫，就是这样的吧。在灵房两旁，分站着两个纸扎的，比我还高的金童玉女。金童手捧面盆，盆边搭着花毛巾；玉女端着茶盘，盘里是茶碗和水烟袋。他们的模样儿都极其俊秀，穿的衣服也和戏台上的人物一般。我想：要是他们下来和我一块儿玩，那可多好啊！

尹万山终于在县西的白岩山半山上选中一块阴地了。

他摆好罗盘，向大伯指点说："这白岩山从峨眉山发脉而来，逶迤几百里，在这儿结穴。它后靠白岩，像一座银屏；左面的沙田岗和右面的南湾像二龙走水，合抱成一个金交椅。坟地取寅宫申向，埋在这儿就恰好是坐在椅子的正当中。"

"我这一辈子帮人家蹍的地多了。像这般好的风水么，我还从来没有见过！"尹万山得意地说。

"这风水好又好在哪里哇？"伯父恭敬地问。

尹万山指着正前方山下一个近于方形的小丘，神秘地说："大老辈，你看那是什么？"

"那是观音堂。"

"唔，地名是叫观音堂。我是说：你看看，它在这坟地风水上主啥？"

大伯眯着双眼，左看右看，说不出来。尹万山得意地一手拈着下巴上稀疏的黄褐色的胡子，一手伸出两个指头轻轻指点说："大老辈，人家说'天机不可泄漏'，但话又说回来：'逢真人不说假话。'我跟你实说：观音堂这座小山方方正正，正摆在坟地几案前面。我们堪舆家把这样的地理叫作'一颗印'。老夫人埋在这样的阴地里，大老辈，恭喜你了，子孙一定要做官，至少要看个道台……你莫打岔，听我说完！你目下虽是还没有子息，但是我敢打保票，葬后不出三年，大伯娘一定要连生贵子。哈哈，将来做了官，用四人大轿来抬你大老爷时，你可莫忘了我尹万山啊！"

"你看得准吗？"大伯问，两只眼紧紧盯住尹万山。

大伯的原配周氏早死了，没有儿子，续娶的欧氏过门来七八年，也没有儿子。他多么希望有个儿子啊！这阴阳先生恰恰说中了他的心事，使得他又惊又喜。

## 七　祖母的丧事

"嘿，大老辈！"尹万山一拍巴掌，"未必我还敢在你面前乱冲壳子吗？我尹万山的话如果说不中，你以后到犍为来收我的牌子，抠我的眼睛，我以后再也不看风水了"！

尹万山的话如此坚定，如钉钉木，没有展移，大伯自然深信不疑。为了酬谢他，他送给他一百两银子，外加两大饼上好的"南土"。

阴地选好后，就要正式安葬。这丧事如何办？大伯和幺爸两人的打算却不一样。

源兴号在短短的五六年中，经过三次大丧，经过大伯吃官司坐班房和去成都办匹头的损失，把祖父历年积存的银钱和生意上的流动资金花得精光，另外还借了七八百两银子的债。幺爸以为这都是因为大伯当家，像水推沙似的乱花钱造成的，他早已心怀不满。祖母在时，鼻子大了压住嘴，打不出来喷嚏。他准备只待祖母丧事一完，就闹分家。他不愿在丧事上多花钱，便引《论语》"礼，与其奢也宁俭"的话，以为丧事从俭，是符合圣人之道的。大伯呢，却以为我们这样的绅粮之家，把自己的亲娘悄悄密密地抬去埋了，于礼不合，不光当儿子的于心不安，亲戚朋友也会耻笑的。当然，他也没有把他的隐衷全说出来：现在，他在袍哥社会已"海"出了山，是仁字旗的龙头大爷。有了这个地位，不用说马边各堂口的哥弟要来赶人情，便是马边河邻封码头的公口也要来凑合。这个面子，他不能不绷，就是倾家荡产也要硬承住。

他不顾幺爸的反对，把一股地卖了一千五百两银子，这还不够，又以街房作抵，借了八百两。他对所有的亲友、佃户、街坊都散了孝布，把公口上所有的弟兄伙都请来相帮，年纪大的当管事、知客，年纪轻的跑腿、打杂。从开奠到出丧闹了九天。出丧的当天，丧葬行列拉了半个城。为了酬客，借用天后宫、荣禄宫等会馆来摆酒席，一共办了八百桌"九大碗"，从半晌午开席一直到黄昏……

钱，像开闸的水，哗哗直淌。

棺材入土后，按大伯原来的打算修建山陵还得花二三百两银子。但是，钱已用光了，只好暂时用石灰砌了个内壳，以待将来。

可大伯没有完成他的计划，不久之后他就去世了，而源兴号从此急剧衰落，更没有谁来管这事儿。每年正月新春和三月清明时节，我都要随同家人去上坟。一爬上南湾的埂子，老远就可见白岩山下一个小小的白点，显得特别触目。走拢一看，这坟高约三四尺，长约六七尺，光光的，白白的，像个大馒头。坟上面胡乱刻画满了线条，还钻了些窝子，那大概是放牛孩子们的杰作。它的四面都是石骨子荒地，长着茅草，坟茔也半被草封着。没有一座碑，没有一棵树，好像是一座无主孤坟。

同来的海娃哥，每次总要向我指点这"金交椅"的形势和前下方那颗"印"，我觉得他像在说梦话似的。

## 八　幽静的碾坊

祖母安葬后，源兴号已成空架子。大伯对外应酬仍少不下来，而幺爸对他的不满又逐渐表面化。一向精神勃勃、豪爽乐观的大伯看起来精疲力竭，有些应付不过来了。这年冬天，为了躲避这些烦扰，他以守孝为名，带着我们弟兄俩一同去到乡下。

马边城西郊有一条小溪，溪上有五座水碾。其中第三座是大伯开始当家时购置的。伯母为了经营上的方便，一年中有好些时候都住在这儿，因此这水碾无形中成了大房的别业。

新年到来，伯父请人写了一副春联，贴在水碾的朝门上：

半城半乡人堪相处
一山一水我独此居

真的，这三道水碾，离城只约二里多路，来去方便，可说是半城半乡。在碾坊后面是一座红土小山，长满藤萝灌木，前面是一条小溪，真的是一山一水。碾坊在溪上游一两百步处开沟筑渠引水，跨堰修起碾房和住宅。一棵巨大的黄桷树，浓密的枝叶组成一柄遮天蔽日的绿荫大伞，覆盖着房宅，而一道黄土围墙又把房呀、树呀、水渠呀、菜园子呀，都围起来。白天里，人见活泼泼的渠水在屋檐前流；晚上，汩汩的水声便在人的枕畔终夜响个不息。

我和哥哥一来就迷上这个地方了。

哥哥这时是八岁，已上私塾两年，最是贪玩好耍；我呢，这年七月才发蒙上私塾，是刚穿上鼻子的小牛犊，自然也乐得借此不上学了。我们常常凭着碾房的窗子，看脚下清澈见底的水渠里的游鱼，看像长胡子似的在水里飘动的水草。有时，我们也等候在渠边，待螃蟹一爬上岸来就把它逮住，用线拴着它的大螯提着玩。

在碾坊之外，和水渠平行的小溪只约两三丈宽。坦坦的河床上散布着大大小小的卵石。水从石上流过，激起无数的急湍。溪水一般只约尺来深，不超过人的膝盖，只有在溪流转弯、碰上岩壁时，才有一些深过人头的水潭。春天里，当桑树肥大鲜绿的叶片盖满树杪，伯母养的蚕子二眠起来的时候，一场春雨过后，桃花水发了，溪里的鱼多起来。海娃哥在采摘桑叶之后，就带我们到溪里捉鱼。他蹚着水，弯着腰，一双手在水下的石腔里摸。摸呀摸的，直起腰来，手一扬，一条三四寸长的桃花鱼就掷上岸来了。我们欢呼着，用一条细麻绳把鱼串起来。

这么一弄就是半天，总是把衣服和裤子打得半湿。要是太阳大，天气热，我们就干脆脱去衣服洗澡。海娃和哥哥会游泳，都到水碾下方的深水潭里去浮水。我哩，只能趴在浅水里，双脚乱蹬。

伯母是禁止我们洗澡的。骂海娃哥，也恐吓要打我们。但我们不怕，知道她不会真的打，而海娃哥总是笑嘻嘻，阳奉阴违。

## 九　海娃哥

海娃还有别的名字吗？他自己也说不明白。他只记得他姓秦，是仁寿县人，民国元年（1912）水打马边城的前一年，随同他的父母和一个妹妹一同逃荒来到马边。当时他七岁，因为算八字五行缺水，所以他爹给他取名为海娃。他们来马边后在走马坪垦荒，但只不过一年，奴隶主烧了他们的草房，掳去了他们一家。家里人被分散出卖，都卖到哪儿去了，他不知道；他自己哩，转过三次手，最后被卖到洼黑。宣统二年（1910），汉军打进凉山，他和一批"娃子"被解放出来。被解放出来的"娃子"们有家的都回自己的家去；没有家的，自找生活，或者毫无代价地任人领去当长工。海娃哥就是由大伯领回家来的。

他在彝区八九年，说得一口好彝话，生活习惯也有些彝化了。他的气力大，能扛上五斗谷子从北门家走三里路到水碾上去，中间不歇肩。他特别受到大伯喜爱的是：他的性格极其憨厚、爽直、忠诚。大伯没有儿子，把他作为义子看待，无论到什么地方，总是要把他带上，他也自然成了他的保镖。一回，伯父喝了酒，要和人比武，各执一柄单刀，正像两只公鸡作势欲斗的时候，海娃哥从外面走来。他的一对大眼睛一瞪，二话不说，操起一条梭镖就要刺，伯父赶急喝住，差一点儿出了大事。

海娃哥对好些家务活都不会做，或做得不好。比如炒菜，要么便忘了放盐，要么咸得不能吃。原因是在彝地时，成年累月吃不上盐，淡食惯了，但也能吃得极咸的。

他有许多特殊本领：能随便摘一片叶子在嘴上吹，吹得很好听；会打呼哨，响亮而悠长；又善于掷石子，掷得很远，打得很准。他说他在彝地时，常常在山上用石子打野鸡烧来吃。而最使我佩服的，是他装套来捉雀子。

厨房外面的花园里，春来时有很多雀鸟，最多的是画眉。一天，一只画眉在桃树上叫，一只在橘子树上叫。它们像在比赛看谁叫得更清脆婉转似的，越叫越欢。海娃哥正在淘米，他尖着嘴巴就学画眉叫，学得像极了，这逗得园子里更多的鸟都叫起来。

他吹一会，向我喊道："连贴！"

我的小名叫连璧，他却故意喊为连贴——那是猪胰脏！

"啥？"

"要不要逮个画眉子来耍哇？"他向园里望望，又向我挤挤眼。"要，就去找根细竹枝来。"

我找来一条带青的细竹枝。他用麻绳把竹枝拉成个半月形，装上机关，在上面插上一小穗高粱米，做成一个捕鸟的套子，然后把鸟套安放在枇杷树下，退出园来。经过这么一折腾，园内的鸟都没有声音了。我扒着窗棂向园里瞧，见还有几只鸟在高高的树枝上跳来跳去，对下面的红高粱连看都不看一下。我感到很失望。可是，下午，当我再进厨房去时，他已捕着一只很大的画眉，用细麻绳拴住它的脚，让它扑腾腾地飞了。

有时，他也会做些恶作剧。

一天夜里，他抽叶子烟，对着我哥哥呼呼地喷烟子。

哥哥说："烟子好呛人！"

"你抽，就不会呛了。"

"抽烟有啥好处？"

"好处多哩：提精神、醒瞌睡，饿了抽一竿烟就不饿了。"他吧了一口烟，见哥哥正在拍打脸上的蚊子，就狡黠地眨巴着眼说："抽烟的人蚊子也不咬的。"

"当真？"

"当真！你不信，抽半支，看它还咬不咬你！"

我哥哥真的接过他的烟管来，叭叭地把大半支烟吸了。一会，他觉得头晕得很厉害，恶心，呕吐起来。海娃哥在一旁哈哈大笑，十分得意。但当我哥哥晕倒在地时，他却慌了，赶快把他抱进他房里，放在床上，又用些淘米水来喂他。

## 一〇　阴谋诡计

这年秋天，当第一批北来的雁群咕嘎咕嘎地叫着飞过，菜园子里的橘子还没转黄时，大伯就病了。

他的病来得很急很猛，一开头就发高烧、昏迷、谵语。伯母为了请医捡药方便，叫海娃哥和碾房上的长工老范乘轿子把大伯抬到源兴号老家，我和哥哥也就跟着回来了。

城里有两位著名的太医。一个姓傅，长于火攻，外号人称"傅（附）片"。他认为大伯的病是寒气病，要用干姜、附片。另一个姓王，善于用凉药，人们叫他做"王犀角"，则认为是热症，要用犀角、牛屎水。这两人也真是水火不相容，只因托不过李大爷的面子，各开各的处方；到后来大伯的病情恶化了，两人就互相指责，都不开方。另外的医生来看，说是精液枯竭，元气大伤，开了大剂量的人参来吊气。

海娃哥拿着药方到柜上要钱买药。

掌柜的胡二爷为难说："没有钱了。"

海娃哥说："你莫涮坛子啊，源兴号好不好是个大铺子，大船破了还有三千钉。我不信拿不出几两银子来买人参。你打开钱柜来我看看。"

胡二爷溜着小眼睛，向外面左右瞧瞧，凑着海娃耳朵小声说："钱倒是有，但柜子是幺老师锁的，我打不开！"

海娃哥去向伯娘回话，她叫他去找幺爸。

幺爸一听就发火，冲着海娃指桑骂槐地喝道："这才怪哩！不是我在当家，我没一锄挖个金娃娃，也没跟着马屁股跑，捡着成锭的银子。妈哟，老子也没钱，老子去向哪个要？"

海娃哥不敢应声，退出他的卧房，但幺爸却赶出房外，站在天井边高声叫骂。这是故意骂给大伯听的。

伯母不能忍了，赶出去应声道："咦，源兴号就穷了么，穷得来背时倒灶，连吃药都没钱么？"

幺婶蓦地从房里跳出来，披头散发，手里还捏着鸦片烟签子。她推开幺爸，直站在伯母跟前，用烟签子指着她："嘿，穷不穷我们不晓得，我们没有当家，就是穷也跟我们不相干。我们不是败家子，没有把一份大家务当着瓦片儿随便打水漂漂！"

"你一口一声说没有当家，怎么又抱着钱柜子？怎么又把钱柜子锁起来？"

"哟，这源兴号是你大房上的么？我们是抱来的娃娃么？是石头里爆出来的么？你们把一份家产出脱了，还剩下生意上一个钱柜子，一天能有多少钱？这一大家人还吃不吃饭？那你们又拿钱来嘛——没有钱？又害了病？天老爷有眼睛！背时！背时！背时！阿弥陀佛！阿弥陀佛！"

伯母气得眼睛翻白，说不出话来，一双手直抖，好一会才哭喊道:"李克生,李克生啊!你听到没有?你才一病,人家就要灭你了啊……"

可大伯听不见。他昏昏迷迷,手脚不时抽搐,面颊却红红的,好像喝醉了似的。

我的幺爸名廷鑑,字镜萱,是个秀才,和我父亲同年"入学",人们都叫他李幺老师。和我父亲不同的是,他没上过新学。在科举废除之后,他就心安理得地做起县绅来了。

他当过县议员、团务委员、彝务委员,是机关法团中人,经常出入于县知事衙门。每逢新知事上任,他必穿上宁绸长衫、苏缎马褂,到北门外三里的武侯祠迎接;知事去任,他必在地方士绅中倡议给他在北门外大路边树一通"除暴安良""苏我黎庶"之类的"去思碑",并和机关法团的士绅恭送到武侯祠以外。

他如果和县知事不合,那么他便在暗地里串通一些士绅刁难他,写匿名的呈文向川南道尹公署控告他。在士绅之间,他也常常拉一批,拱一批;阴一套,阳一套;纵横捭阖,两面三刀。人们都说他肚子烂,是个粉脸壳壳,背地下叫他"老严",隐喻严嵩这个大奸臣。

他的鸦片烟瘾很大。当马边禁烟还严的时候,他只是偷偷地抽,抽毕就把烟具藏起来。一天夜里,他正横卧在床上抽烟,大伯酒醉回来,猛烈打门,又向护送他的弟兄伙吵嚷。幺爸以为巡防队的来抓烟灯了,慌忙端起烟盘子,将全部烟具连同熟烟膏子一同倒进茅厕内。第二天,他又逼着海娃跳下粪坑去摸起来,用水反复冲洗,还烧柏叶来熏。大伯虽是袍哥,喝酒又撒粗,但他是个豪爽痛快的人，不吸鸦片也厌恶吸鸦片的。为此，他常常数落幺爸。幺爸虽是不敢还嘴，但心里恨死了他。

大伯当家以后，这嫉恨更如一颗刺，深深扎在他的心里。他是个心计很深的人。每天晚上，当夜深人静，在烟榻上慢慢裹着烟泡子时，他便细细地琢磨起对付的办法来。他以为大伯已是树大根深，公开斗争，自己未必能取得胜利；分家呢，倒是一着棋，可以逼一逼大伯。但要是三房平均分摊，自己所得无几。因此，最好的办法是怎样神不知鬼不觉地拔掉这颗刺，独吞这份家业。幺婶以为最好莫过于采取诅咒的办法。她把一些民间诅咒法术的传闻说得活灵活现，而幺爸也相信了。他知道古书上有"厌胜"的记载，汉武帝时就有戾太子的"巫蛊之祸"。历史上这类的事多次出现，说明不是没有道理的。两人一合计，便决定如法施行。幺婶用黄纸剪了个人形，幺爸给写上"李克生四川省下川南道马边县人乙丑年三月十七日亥时生"，然后在纸人胸上钉上三颗绣花针，悄悄把它埋在花园内一株梨子树下。

现在，大伯病了，尽管他是头暴痛，不心痛，但幺爸和幺婶都以为诅咒法术有灵了，极其高兴。当天半夜时分，当两人的鸦片烟瘾都已过足，又吃了一碗冰糖荷包蛋作夜宵之后，两人到天井边焚化了一叠纸钱，又泼了一小杯酒，以示对鬼神的酬谢。

第二天，天刚黎明，大伯落气了。

在把死人草草入殓之后，幺爸便摆出一副圣人之徒的秀才架子，宣称堂屋里还有祖母的灵房灵位，再在这儿停放大伯的灵柩是以下犯上，以小欺大，于礼不合，是极大的不孝不敬。他督促人夫，立即将大伯的棺木抬到水碾上去。伯母呢，失去大伯，哭得死去活来，没了主意，同时人单势孤，也无可奈何，只得由他摆布。谁知从此以后，他便不闻不问，让棺木停在水碾上的堂屋里，既不开奠，也不念经，更不用说埋葬的话了。伯母去找他。他推说钱没准备好，坟地还没看妥当，阴阳先生推算今年内日子方向都不利，不宜安葬，等等。他一面东支西吾，应付伯母；一面在暗地里把源兴号剩下来的一股三十几石租谷的田连同已经抵押的街房通通卖掉，把所有的银钱收将起来，而后带上海娃，骑着大伯生前养的一匹骡子，跑到成都去了。

伯母在乡下听到风声，赶来要和他拼命，却扑了一个空。

## 一一　两寡妇

　　这场斗争对我妈的命运将有什么影响,她想不到。她还没有从父亲的去世所带给她的悲痛中清醒过来。她太年轻了,缺乏生活经验。

　　我母亲姓何,她的父亲是清军驻防马边镇边营的一个哨官。他和我祖父是很要好的朋友,常来源兴号喝酒,和祖父打纸牌。后来经媒人说合,就成了亲家。她幼年时住家在守备衙门内,曾在衙内的专馆私塾上过两三年学,读过《小姑娘》和《女儿经》,认得些字,能念"善书"和《柳荫记》《四下河南》这一类的唱本。她的女红针黹也不错,还会照着花样子描绘枕头和蚊帐的檐子,在当时的马边也算个"才女"了。她的个子很矮小,只及我父亲的肩头,性格也善良而软弱,在人前不大说话,显得很腼腆。不过,她也有些固执,特别是在被激怒了的时候,会显出她父亲武人的气质,变得很泼辣。

　　她和我父亲结婚时才十六岁,父亲死时也只二十三岁。祖母因为她年轻守寡,对她很怜悯。祖母一死,她失去保护;大伯再死,她就完全没有依靠了。她的父母和一个弟弟,在她和我父亲结婚没几年之后,都染"麻脚瘟"症死去了。她家本是外省人,在马边别无亲眷。处在这么一个地位,所以她在我们家出现的第一回合的斗争中,小心翼翼,既没有帮助幺爸,也没有胆子和伯母合作。她好像个第三者。

幺爸去成都不久,幺婶就向亲戚邻居放出风声:幺爸正在省里打点做官,已经找好可靠的门路,银子都已分头使用,就要委任屏山县的知事了。可当县里正传说得活灵活现的时候,幺爸带着海娃回来了。

伯母又从水碾上赶来找他。她现在不说安葬大伯的话了,直劈劈提出来要算账、分家。

幺爸也很干脆:好,算账就算账!但这账要从你大房当家算起;至于分家,田土银钱都没有了,就只剩下一座水碾,要分只有把水碾卖了来分。

这样的算账分家,岂不是打鱼不到倒丢了网么?这把伯母气得要死。她跟幺爸讲理,她讲不赢他;吵架么,就更不是幺婶的对手了。幺婶人看来虽是瘦筋筋,尖嘴尖脸像猴子,手指细如鸡脚爪,身材单薄得像风吹得跑的纸人儿,可吵起架来,精神百倍。她的声音又尖又高,还有一种极其特别的战术:她把一句恶毒的骂人话一迭连声地重复上三四遍,五六遍,直到气尽了,换口气,又抛出另一句恶毒的话来。

"分家?分你妈的×!分你妈的×!分你妈的×……你鬼想钱挨令牌!鬼想钱挨令牌!鬼想钱挨令牌……"

她一个劲不住口地骂下去,气势上完全压倒伯母,使她无从还嘴,只有哭号、喊天。

伯母无奈,去报告家门亲戚。但是正所谓"人在人情在,人死两丢开"。"洒金李大爷"在生前虽是响当当的,可是人已不在了;而幺爸呢,人们对他这个"老严"本来就要敬畏三分,何况他正在打点做官,谁又愿意得罪他呢?家门亲戚也无非两面抹稀泥劝说:都是一家人,肉烂了在锅里,可不能扒开篱笆让狗来钻,落得外人笑话。这么好说歹说,最后总算达成了协议:第一,伯母不再闹算账,幺爸也不卖水碾,各自保住现有的家当;第二,大伯无子,将我哥哥抱过去继承大房;第三,从此以后,大房、幺房自立门户,银钱产业,各不相涉。

在谈判分家中,谁都没有提到二房。在家门亲戚看来,我们母子住在源兴号,仿佛和幺房是一体;在伯母看来,只想保住自己的娃娃不哭,用不着多管闲事;在幺爸看来,我们母子只不过是他案板上的一块面,可以横按顺捏以至吃掉的。

而我妈呢,她还有幻想,可以自我安慰。她以为大房、幺房都没有儿子,只她有两个,这是李家的香烟后代。在"分家"会上,幺爸曾经暗示:大娃过继给大房之后,将来可以让二娃兼祧二房和幺房。"娘随儿走""母以子贵",她的地位总是有保障的。我哥哥的干妈张保保在私下也这样安慰她:"二嫂,还是你的命好。常言说:'有儿穷不久,无儿久久穷',有了儿子,总有个出头之日。那两口子虽狠。将来两眼一闭,未必还能把这源兴号带到阴间去?"

但后来事实证明她们的想法错了。幺爸倒是想把我作为他的后嗣的,但他却不愿什么"祧两房",他首先要把我的母亲除掉。在中国历史上，有不少皇帝没有嫡嗣要把嫔妃的儿子立为太子时，往往是要把生母"赐死"的。源兴号不是帝王家，甚至连"缙绅之家"也说不上，但曾经是秀才的幺爸是懂得这个传统的。因此，不幸的命运很快就落到我妈的头上来了。

源兴号的面房还在开。门面上除了卖挂面、熬醋外，赶场天还卖零杯烧酒。因此有挂面匠人、掌柜的、跑堂的，全家有八九个人开饭。原先一直请得有伙房煮饭，而现在，幺爸把伙房开了。他要我妈煮饭，另外还管饲养三头架子猪。每天晚上得磨两升豌豆，将豆渣滤起来做饲料，再把粉水沉淀，提取豆粉。石磨很沉重，纵有打杂的王嫂帮助摇磨担架，也很吃力。母亲是小脚，经过一天一夜的辛劳后，累得几乎站都站不稳了。她常常坐在床上，放开裹脚布，抱着又肿又烫的尖尖小脚流泪。现在我哥哥不在了，我就成为她唯一可以发泄诉苦的对象。有的时候，她把我从睡梦中摇醒来。我只见桌上菜油灯灯光幽暗，黄黄的像一粒发光的豆子。屋里阴影幢幢，连我妈的面目也朦胧不清。冷风吹得园子里快要枯黄的梨子树叶沙沙发响。在源兴号老屋靠城墙的巷子里，有半夜从烟馆回家的闲汉，为了怕鬼给自己壮胆，高声唱着戏文。我妈在咽咽呜呜地哭，又在断断续续地倾诉：

"李廷镒，严嵩，那两口子……欺孤灭寡，没有天良啊……二娃儿呀，你要好好读书，给我争——争气啊……"

以下，她又在埋怨父亲，又在向观音菩萨许愿。我觉得头很重，眼皮很涩，怎么也坐不稳。我倒下去，她把我拉起来，我又歪歪斜斜地倒下去，睡着了。

## 一二 "滇军"进城

1917年,四川爆发了罗、刘之战。滇军由叙府北上,占领了犍为。不久之后,有一支土匪部队冒充"滇军"向马边开来。

这时正是阴历的腊月,全城人家都在忙着为新年头的吃穿做准备。杀了过年猪的已腌好腊肉、香肠,正在熬麻糖,炒果子,便是十分不济的人家也要磨两升糯米做发粑。因为人们相信"一年不推粑,十年兴不起家"。现在这消息一传开,便好像是平静的蜂桶里突然闯来一只盗蛾,登时全城乱起来了。

城里只有百来名城防队,使用的武器是单针、九子枪,要用来对付这样大股匪部是不行的。绅粮们为了自己的身家性命,慌着去找县知事,知事也没了主张。经过大家商议,决定三事:一、立即通知各乡抽调团防来城协助守卫;二、派人去大炮台把"大将军""二将军"加以擦洗打磨,同时分派居民赶缝麻袋,搬运河沙,把大炮架设起来;三、请"老父台"亲赴北门供奉历代阵亡将士的昭忠寺叩请阴兵出战。

然而,已经来不及了!

下一天的上午,匪部到达离县城四十里的石梁子,派人送来书信，要求迎降。县知事又慌忙召集机关法团士绅开会，商议对策。

我的幺爸平时要睡到中午才起床的，现在衙门派来公差硬把他叫醒来，饭没吃，烟瘾也没过，只匆匆吞了几颗烟泡子就上衙门去了。

吃午饭时，我端着饭碗到大门口去。我们源兴号的铺门还开着，但是冷冷清清，没有买主。掌柜的胡二爷把手笼在袖管里，伏在柜台上看街景。城门半掩着，门里和城楼上都有背着九子枪的城防队士兵。北门河上已经封渡了，几只"双飞燕"小船都停泊在这面的河岸边。对岸簇拥着一群人，背背肩挑，拖儿带女，有的还赶着耕牛和小猪，显然是从北路逃难来的。他们惶急地、一个劲地大呼："撑船过来！撑船过来！"但是河边空荡荡的没有人，撑船的不知到哪儿去了。他们叫骂一会没人理，便急急忙忙地沿着河边小路绕鄢家坝向南门渡口去了。

当！当！当！一阵锣声响亮，打更的传话来了。

这打更匠姓段，叫段打更，但他常常打得不准，人们叫他"乱打更"。他是个大烟鬼，白天睡觉，夜里打更。但白天如果衙门里有事要他宣布，或者谁家敞放的猪儿走失了，给他点酒钱，他便披上褴褛的棉袄，趿着两片鱼尾鞋，睡眼惺忪地敲着铜锣，沿街叫喊一会。现在，这城里的气氛和他的使命使他感到很庄严，他的锣敲得特别响，沙哑的声音也很有精神了。他当当地、有节奏地敲着锣，走上几十步，眼见铺子里的伙计们都从柜台后探出头来，街上行人都住脚谛听的时候，便立正，直着脖子，两眼望天，有板有眼地喊道：

## 一二 "滇军"进城

"鸣锣通知，知事告谕：现有匪人，来边骚扰……知事正同，各机关，法团，士绅，在昭忠祠，焚香，禀卦，恭请阴兵，出战……今夜晚上，各家铺户，都要在，门前，设立香案，烧化纸钱，和，金银纸锭……各界人等，务必凛遵。如有玩忽，挨打受气，休得见怪！"

当！当当……

幺爸还没回来，幺婶叫海娃哥去接，顺便买点香烛纸钱回来。海娃哥刚走，河对面就出现了缠套头、穿短打、扛五子枪的"老二哥"。城楼上的城防兵开枪射击，对方也隐伏在观音阁后面的罗埂上还火。

胡二爷慌忙合上铺板，关大门，还用门杠死死把门抵住。我从门缝里张望，见城门已紧紧关闭，街上清风雅静，任何活动的东西都绝迹了。

幺婶正在抽鸦片过早瘾。枪声一响，她的手就抖起来，怎么也把烟泡子裹不好了。王嫂来请她吃早饭，她呻唤说：

"哎哟喂，哪个还吃得下饭啊，你快去把胡二爷叫来。"

胡二爷来时，幺婶已从床上下来坐在马架子上了。

"胡二爷，幺老师和海娃还在城里，你去叫他们快些回来。"

"城门都关了哩。"

"哎呀，那咋得了哇！你搭个梯子翻城墙进去吧！"

胡二爷搔着他的有些秃的脑门，眨眨眼说："他在城里不是更安全些？"

胡二爷一句话提醒了幺婶,她立刻改变主意,要他送她进城去。

胡二爷摇着他的小脑袋:"翻城墙?你才想得好哩!只怕那炮子儿没长眼睛,认不得你幺老师娘!"

"吧——砰!"突然一颗子弹打在屋脊上,哗啦啦,瓦片掉下来。幺婶在马架子上一震,一下滚在地上。

"天呀!天呀!"她大声号叫起来。

胡二爷也慌了。他招呼面房里的王师,急忙从堂口上抬来几张结实的方桌,在堂屋里连接起来,桌面铺上被盖,地上垫着棉絮、草席。他请幺婶睡到桌下,蒙头盖上被子,睡着不动。

我母亲叫我到厨房去。她和王嫂在灶头和石水缸之间铺张席子,躲在那儿,是比较安全的。但幺婶不许我离开,命令我坐在她的脚下。因为她要喝茶,要屙尿,要这要那,须我服侍。

过了一段时间,人们对那砰砰的枪声和嘘嘘地从上空飞过的流弹声逐渐习惯,不那么紧张害怕了。幺婶叠起被盖,叫我从房间里把烟盘子端来,她就蜷在桌下抽烟。我趁机溜到后院去,见胡二爷和王师们都聚集在磨房里,趴着板壁,从缝隙里看城墙上的城防兵放枪。

胡二爷摇着他的小脑袋说:"不行啊!人躲在城墙垛子后面,头都不抬起来就放枪。妈哟,你打个啥!"

王师说:"哪个的脑壳都不是铜打铁铸的。他也怕运气不好,碰上一颗洋花生米,那就不要吃饭了!"

"单听枪声,河对面的就把这面压住了。"

## 一二 "滇军"进城

是的,河对面的枪声密得多,声音多是很清脆的。胡二爷说那是新式五子快枪;而这面城防队的单针、九子则带着沉闷的轰响。

人们担心,城防队招架得住吗?

胡二爷却很有把握:"今晚上把'大将军'架起来就好了。只要'他老人家'发威,一张口,轰隆一声,喷出晒簟大一团火焰,一炮可以冲倒一间房子,打死百来个人。哼,你承得住?"

王师一向喜欢听评书,晚上只要不赶牛磨面,打罗柜,便要到茶馆里去听讲《七侠五义》。他说:"哎,要是南侠展昭,北侠欧阳春,随便来一个,这座城就保住了!"

胡二爷不以为然说:"现在使用的是五子快枪,任你侠客武艺高强,会飞檐走壁,还没近身,炮子儿就把你打着了。"

"那么剑仙呢?嘴巴一张,一道白光,飕的一声,飞剑取人头于千里之外。你炮子儿抵得住?"

胡二爷揭下头上的毡窝儿,拍打着上面的灰尘,反驳说:"这不过是说的罢了,哪个又见过剑仙呢?"

王嫂也发表了她的意见:"依我说,可靠的还是阴兵。今天县知事已在昭忠祠烧了香,禀过卦啦,只要阴兵显灵就好了。"

晚上,枪声沉寂下来了。隆冬的月黑夜,黑得伸手不见掌。城防队的士兵们抱着枪,缩在城垛下,躲避由河下吹来的刺骨的寒风,隔些时向天空放两枪,向匪人示威,也向城楼里烤火的队长和衙门内睡觉的县知事报告,他们是在忠实地执行任务的。河对面呢,无声无息,连火光都不见一朵,静得出奇。

胡二爷没完全按照段打更的传话办事,他不敢开门出去设香案,只在天井里烧了纸钱,点了香烛。他竖着耳朵静听,什么响动也没有,只有纸灰飞舞,阴风飕飕。他想:"咦,当真阴兵出动,'老二哥'们都败走了吗?"

是的,源兴号里的人们都是这么想的。幺婶从桌下钻出来,回到她的房里,舒舒服服地躺在床上抽烟。屋里所有的人都睡得很好。

快天明时,突然爆发出一阵噼噼啪啪的枪声,真像祖母大出丧时放的火炮。但我觉得奇怪:密集的枪声是从城西方向传来的。北门河对面没有子弹飞过来,这面城楼上也没有放枪。只听到城楼上响着急促尖锐的哨子声,城防队兵乱糟糟的吼叫声和跑步声乱成一片,一会儿就寂然了。营盘山方面的枪声越来越近。突然,街上也响着惊人的五子枪的脆响。

我妈不断地轻声叹息和念观音菩萨。她用被子紧紧蒙住我的头,我大气也不敢出。整个源兴号里静悄悄的,好像一座没人住的空房。

大约过了一顿饭的时间,没有枪声了。我实在憋不住,下得床来,悄悄溜出房间。对面房里幺婶在叫我,瓮声瓮气,好像从坛子里发出来般的。我到她房里一看,床上是空的,原来她趴在床下面。

她叫我去问问胡二爷,这是咋个搞的。

我到柜房去,见胡二爷和王师都趴在铺板上向外偷瞧。

"胡二爷!"我叫一声。

他头也不回,只伸手向我摆摆。

## 一二 "滇军"进城

我也蹑脚到铺板边,找个缝隙往外看。城门已打开了,门口站有好几个包青布大套头,穿短褂子,臂上缠有一条红布的背枪的人。有的没有枪,却在背上斜背着一把明亮亮、冷森森的鬼头刀,刀把上吊着一把红缨子。那神气,人见了是要倒抽一口冷气的。街上人家全都关门闭户,街上看不见一个百姓,只有三五成群的"老二哥"匆匆地来去。

一会儿,当当的锣声和段打更的苍老沙哑的喊声又由远而近地传来了。

"鸣锣通知,司令官的命令:本军奉命,进驻县城——公平交易,保护黎民。各界民众,街坊铺户,即刻开门,照常营生——不得自相惊扰!如若不听,挨打受气,休得见怪——"

当!当当……

## 一三 李马刀闹鬼

事情原来是这样的：昨天下午那一仗，匪徒们只是佯攻。天一黑，匪部的主力就由马边河下游十里的万寿寺渡过河来，借黑暗的掩护，由沿河小路经真武山，黎明前突然发起冲锋。防守小西门的士兵糊里糊涂地从梦中醒来，还来不及还枪，就被缴械、俘虏了。

县知事一看不好，赶忙骑上他早已准备好的马，率领城防队的兵丁由营盘山逃走了。官员和一些当事的士绅来得及逃的都跟着跑了。幺爸跑不动，是海娃哥背着跑的。

进城的匪部确是打的滇军的旗号，编制和军队一样，有一部分人穿着不整齐的军装。司令官姓杨。他本着土匪们"岩鹰不打窠下食"的原则，进城后没有进行公开的抢劫。他自兼了县知事，规定部队钱粮供应都按旧章征收。他还委任部下一个姓李的营长主管城防和治安。由于这样，城里的秩序还是正常的。但是"弟兄伙"一出县城，脸子一变，现出"老二哥"的本色，就可以为所欲为了。

在西关外，一个晚上就抢了两家。

## 一三　李马刀闹鬼

幺婶以为我们住在北门外很不安全，又急着要搬进城去。

正在这个时候，李营长忽然带着他的勤务兵，携带一捆纸钱，两对大红蜡烛和茶食点心到源兴号来了。胡二爷一见吃一惊：啊呀，原来是那个曾来源兴号避过风的李老幺！现在，时间虽是已隔十多年，他已是个中年汉子，身材变得很粗壮，又穿上黄呢军服，带根马鞭子，显得相貌堂堂、威风凛凛，但是胡二爷仍然一眼就把他认出来了。他忙去向幺婶回话。幺婶不敢怠慢，请他到天井边那间名为书房，其实是专供有客来打麻将的房间去。

李营长说："洒金李大爷"是他的恩人，对得起他；他一直存心要报答，只是没有机会，他这回来到马边，可惜李大爷已作古了！他硬要到灵前去烧炷香，叩个头。幺婶说：大伯在前年就去世了，家里没设灵堂，也实在不敢当，才作罢了。

说到李幺老师，李营长怪他不该走："有我在这儿，他怕啥子嘛！"

幺婶说："是哇，他这一走，到哪儿去了，是好是歹，现在还不晓得。只有我一个妇道人家，在这种世道，又在城外……"

她说起她的担心，就抹眼泪了。

李营长拍着胸口说："幺嫂，你不要担心，一切有我！我给你写个条子巴①在大门上，说这是本部家属住宅，看哪个杂种还敢来乱想汤圆吃么！"

---

① 四川方言，"贴"的意思。

下一天，李营长真的叫勤务兵送来一张盖有司令部印信的白纸条子贴在门枋上。这在人们看来，真如一块"泰山石敢当"，威镇百邪，似乎连久已衰败的源兴号门面都辉煌起来了。

从这以后，幺婶就十分巴结、讨好李营长，他也常来我们家。

过了一些时日，他嫌住在抚州馆营部里太闹杂，就干脆搬到我们家里来了。幺婶特别把书房让给他。他没带家眷，随身只一个勤务兵。幺婶以为这太不方便，说要帮他讨个小，他也欣然同意。

李营长来了后，我们才渐渐知道他原来是个刀客，善于耍一把马刀，三五个拿着家伙的人也近不得他的身边。他的诨名就叫"李马刀"。他年轻时候闯荡江湖，做了不少横事。现在，作为标记的是他左额角留有一条长长的伤疤，耳朵也被削去了半截。每当他发怒时，伤疤发红，脸变得极其狞恶，粗黑的眉毛下面一双眼睛忽闪忽闪，好像要扑向猎物的豺狗。

可是，源兴号的人又觉得很奇怪：他居然喜欢做好事！有叫花子到门，总要施舍一两文铜钱；中元节到了，就叫勤务兵买些纸钱和金银纸锭，却不像一般人家加封并写上接受的亡灵的姓名，而是胡乱地望空焚化，施舍给那些孤魂野鬼。他房里的壁上贴有一幅骑赤兔马、执青龙偃月刀的石印五彩关公像。他不识字，特请胡二爷用红纸写一张"关圣帝君之神位"的横条贴在像的上端，下面安张条桌，摆个香炉。晚上，他总要插炷香在炉里，有时还要对着像恭恭敬敬地作揖叩头。

他的勤务兵刁占云，是个十六岁的瘦小而精灵的猴儿。他常常到柜房里来耍，晚上没事就和胡二爷、王师们打纸牌，和大家

## 一三 李马刀闹鬼

玩得很熟。

一天,胡二爷捻着他的黄鼠狼胡子问他:"你们营长耍枪耍刀那么一条好汉,咋也烧香化纸,像个善婆婆?"

刁占云瞬着鬼眨眼:"嘿,你不晓得,他才怕鬼哩!"他把机灵的眼睛向左右一溜,见柜房外没别的人,就小声对胡二爷说:"他就是因为听说抚州馆里吊死过一个女人,那里有些闹鬼,才搬到你们这儿来的。"

"他见过鬼吗?"

"见过。常常看见一个穿桃红布衫,月白布裤子的年轻女鬼。"

"啊?那是个什么鬼?咋找到他呢?"胡二爷好奇地问,他是极其喜欢打听这类事情的。

"这,别人都不晓得,就只有我晓得,但是我不说!"

这猴儿在卖弄了。但是他又确实是装不住话的。过了一些时候,他就自动把秘密说穿了。

那是好些年前的事了。李马刀伙着几个弟兄伙去抢一户土老肥。那财主痛钱,抡起一条梭镖抵抗。他把财主两父子都杀死了。一个新婚不久的媳妇在屋后小溪边清洗衣服,听见闹嚷,端着一盆子衣服回来。她还穿着嫁时衣服:桃红布二马裾衣裳,月白布的裤子。当她跨进后门,蓦然碰见提着带血的鬼头刀的李马刀,她尖叫一声,红润润的两颊一下子变得异常苍白,两只大而圆的眼睛亮晶晶的发呆,像一只受惊发傻的兔子,她这副可怜也可爱的样儿,立刻使李马刀动心了。他一把抓住她的手,觉得那手又细又软，在他的手掌里轻轻颤动。他把她往怀里拉。她一挣扎，另一只端盆的手一松，盆子落地，衣服打倒了。她下意识地弯腰去拾盆子，他趁势拦腰把她抱起来就往房里走。刚走到天井边，当她看见她的年轻的男人倒卧在血泊中时，她突然变得像只野猫，一掉头，死死咬住李马刀的左臂。他痛极了，用力一摔，把她摔倒地上，顺手一刀向她的肚子刺去。肠子随着血流出来。他才看出这是一个已怀了孩子的孕妇。女人扭转头盯住他，那眼睛又大又亮，神情很奇特……

从这以后，这女人的影像就仿佛老是跟着他。开始时是在梦中，以后在白天，当他独自在屋里时，精神一恍惚，就看见她出现了。她还是当年那模样：桃红布衫子，月白布裤子，两只袖子高高挽在肘关节上，左手端个木盆，卡在腰间，右手空荡荡的摇晃着。她背朝他，看不清她的面目。她缓缓走到房中间，把盆子搁在地上，就慢慢搓洗衣服。

他的背心一凉，猛地大喝一声，把刀呀、茶杯呀什么的向她扔去。影像消失了……

刁占云向胡二爷讲这个故事的时候，一再叮咛他："我只跟你一个人摆，你千万不要对第二个人说啊！"

胡二爷很快就讲给王师听，也叮咛他："我只跟你一个人摆，你千万不要向第二个人说啊！"

王师向他的老婆王嫂讲，王嫂又向幺婶讲，也都如是叮咛一番。

一天，李营长新得了一支外国造的"自来德"的小手枪，一个人在屋里扳着玩。他一时大意,手枪走火,把自己右脚的小腿肚打穿了。没伤到筋骨,伤势不算重,可是却溃疡了。刁占云请遍了城里的知名太医以及赶场天在北门外扯谎坝卖打药的江湖医生,用了各种膏丹丸散,但总是愈合不拢,流脓流血。

在那个年代,人们对疑难不决的事都得问问神。他叫刁占云以他的名义到武侯祠去求了一张"武侯灵签"。签是"上上吉签",说的都是吉利话,仿佛指日就要升官,没有一句和他眼下的灾难有关的。他又找拉着胡琴走街算命的赵瞎子来算命。他说他今年是"罗睺星"当命,又犯了"五鬼",也不很普。后来,幺婶提议请个观花婆来观花,看看他的"花树"上有没有毛病。

一天晚上,观花婆来了。她姓宋,人们都叫她宋花婆。这是个五十多岁的瘦筋筋的女人,嘴灵舌利眼睛尖。她经常走街串巷,深入到人家的后堂和卧室,把什么张家长李家短弄得一清二楚;所以"观花"时说起阴司亡灵的事情来,跟他们在世的种种完全符合。

她在李营长的房内点起香烛,焚化纸钱,嘴巴喃喃念说一阵后,就在一张高背雕花太师椅上坐下,用一方红布把头脸盖起来。起初,她默默地一动也不动。过了半管烟的时候,她忽然筛糠般抖起来,细细的手指头不断地痉挛伸屈,嘴里也在伊伊吾吾地呻吟,好像打摆子似的。又一会,她渐渐平静了,只是悬吊着的两只脚不停地前后晃动,表示她在走路了。她声音琅琅,半像说话半像唱歌似的叙述她走了很长的路,经历了好多地方。她抱怨她走得很累,脚也走痛了。

"哎哟喂,我走不动了!"她呻唤起来,脚停止摇动了。

幺婶在旁鼓励说:"宋花婆,你尽管走。你辛苦了,营长晓得,不会亏待你的!"

幺婶提了保证,她又"走"了。她说她现在已过"阴阳界""望乡台",见到好些熟人。她向他们打招呼,问好。这些人都是本城人,是近些时才死了的。这使得房里房外的人都紧张起来,有些胆小的就悄悄溜走了。

忽然,她的脚又不动了。她说她到了"鬼门关",守关的鬼卒把她拦住,问她要过路钱。

幺婶忙叫王嫂化纸钱。之后,行程又继续了。她过了"奈何桥",开始经历"十殿",看见手握文簿的判官和执钢叉的青脸红头发的小鬼,以及刀山、油锅、推人的磨子,舂人的碓窝……

这些,其实都是县城小西门外东岳庙的泥塑"十殿"里有的。这宋花婆可以说是一个天才的艺术家,具有说书人和演员的本领。她把这些本来人们所熟悉的景象加以再创造,就在人们眼前活生生地展现了阴司恐怖的场面。房间中冷气森森,人们脚指头都不敢动一下,仿佛这阴阳两界已经混而为一了。

终于,她说她走进"阴花园",找到李营长本命所系的那株"花树"了。

"花树绿油油的,长得很好。"

幺婶赶快问:"你还看见什么吗?"

"哎哟,我害怕!"

"怕什么?"

"树下有个……"

宋花婆战战兢兢,欲言又止,经人们一再鼓励,她才说:

"有个穿桃红布衫,月白布裤子的披头散发的女鬼!"

"她要干啥?"幺婶的寡骨脸越是青得怕人,声音也颤抖了。

"她手拿一把板斧,要砍花树!"

"啊呀!"房里好几个人同时一声惊叹,"她砍了吗?"

"已在树脚下砍了一个口子了。"

李营长从一开头就坐在床上,支起他的受伤的腿,一直保持着一种当官者的矜持态度。现在,他的浓眉忽然一扬,跟着又猛地一蹙,好像给人扎了一针似的。

他镇定一下,才以低沉的声音对那观花婆说:"你问她,她和解不和解?"

宋花婆唧唧哝哝,好像在跟那女人谈判。她有时像央求,有时像争吵,有时又像威胁。

过了好一阵,她宣布说:"对了,跟她讲好了,要给她做三昼宵的道场,念观音经、血盆经,让她早些投胎转世……"

观花过后,宋花婆得到丰厚的报酬。李营长履行了他的诺言,亡魂得以超度。只是幺婶还不放心,她害怕那女鬼继续来缠李营长,她这个源兴号不得清静。因此,她决心再采取武辣手段,请端公来收鬼,要彻底把那女人制服。

对于我们小人来说,这端公做法事就比观花婆观花和和尚念经好玩多了。

半下午时,端公便在堂屋外的阶檐上设立香案,挂起一幅五彩的神案条幅。那条幅长不过五尺，宽不过三尺，却密密麻麻地绘上祥云宫阙，奇花异兽和一两百个仙佛神灵。最上的是玉皇大帝、元始天尊、李老君、王母娘娘；中间是太乙真人、脚踏风火二轮的哪吒三太子和八洞神仙；下面是龙宫、地狱。它比我家楼上书堆里的那些洋版《绘图绣像三国演义》的图画好看多了。

香案摆好后，端公的两个徒弟敲打起响器，他本人则穿上法衣，在阶前焚化用朱砂写的黄表，恭请各位神灵：

"李老君，王母娘，跨下青牛和凤凰；

手托塔，李天王，嗥天犬随杨二郎；

……"

他一面拜，一面唱，唱得也极好听。唱一阵，口中念念有词，表白做法事人的姓名、里居、生庚以及起事因由。一面一再打卦，请示神的旨意。

就这么唱唱歇歇，搞到半夜时，端公宰了鸡，把鸡血抹在额上。两个徒弟，一个打火把，一个呜呜地吹起海螺壳。端公摇动丝刀，挽诀念咒，又含水喷射，抛撒盐茶米豆。最后，他左手擎个小小的葫芦，右手仗着桃木剑，屋前屋后各处奔跑，追捕那不听招呼的冤鬼。经过一阵折腾之后，他把葫芦口用一块红布盖上，拴牢，宣称已把她收进去了……

然而，这以后李营长的枪伤仍旧没有好，闹鬼的时候越来越多，终于有些疯疯癫癫的了。源兴号里呢，也弄得鬼气森森。幺姊很后悔不该请他来，背地里埋怨咒骂，但她却不敢得罪他。

这年秋天，他的兄弟伙用一乘滑竿把他抬走。他的勤务兵刁占云也跟着去了。有人说他去嘉定住医院,也有人说是回家去了。

这是我在童年时代看见的第一个疯子。

那时候也许是"去古未远"吧,人都更朴质或者说更愚蠢,鬼神还有极高的权威。当政治和法律不能维护社会、保障人民时,善良的人寄希望于神灵,而凶恶之徒还震惧阴司的惩罚。待到后来民智渐开,人们都不再迷信这一套的时候,善良的人们哭诉无门,更加悲哀,而坏蛋则肆无忌惮,更加凶恶了!

## 一四　绅粮们失计

幺爸没有随县知事出走,他随着一些乡绅出南门去到屏山县的中都乡。

我有一个孃孃①出嫁在中都的邓家,幺爸便在那里住下来。

稍后,当他得知城里并没有出什么大乱子,其他逃避外出的乡绅都已陆续回去时,本也想回家的,但一听说李营长住在源兴号,他犹豫了。他听说现在川军第八师陈洪范已进驻嘉定,由马边逃出去的县知事正见陈师长,搬请救兵再打回马边。他怕和那土匪营长搅在一起,将来担待什么干系,决定暂时还住在中都。在这时候,他一面以县绅的名义写禀帖到嘉定陈述马边为土匪所据,吁请师座速发义师,解民命于倒悬,一面又叫海娃回家,悄悄告诉幺婶,一定招待好李营长,不要得罪了这尊守护神。他以为"狡兔三窟",居今之世,必须策划万全,使自己永远立于不败之地。

现在李营长走了,同时又传出这个匪部已接受滇军招安,幺

---

① 孃孃:四川方言,父亲的姐妹。

爸没有什么可以担心的,于是坐上邓姑爷给他备好的轿子,大摇大摆地回来了。

他回家的下一天晚上,几个县里当事的士绅就来找他商量公事。匪部招安就要走了,现在忽然提出要地方筹集一万元的开拔款。地方各界公推县议会的杨议长、团练局的胡局长和商会的周会长作代表,去向杨司令官陈述地方荒僻,民生困苦,要求体谅下情,予以减免。经过一再恳求,杨司令官允许减为六千。但是,闹了好几天,钱仍然筹不拢来。杨司令官发火了,限令在三天之内必须把钱送去,要不,就别怪他不客气。

现在,人们围着幺爸的烟榻,一说起来,意见仍然不一。

胡局长主张给他拖下去:"他现在已经招安,就要外出点编。我们就说现在钱不好收,给他拖上十天八天。上面的限期一到,他等不得,自然就走了。我们也脱祸求财了!"

胡局长是个老公事人。他虽不识字,但很精明。近些年,马边机关才开始订报纸,一些公事人都以能看报为时髦。一天,他到衙门里去会县知事,见桌上有一张报纸,就捧起来看。知事说:"胡局长,你拿颠倒了。""这——不,不!老父台,我是拿给你看的。"又一天,他在十字口见一群人在看告示。胡局长也挤上去。有不识字的人问他:"胡局长,告示说的啥事啊?""啊哟,凶!凶!凶!"他似笑非笑,挤出人丛走了。他这模棱两可的话,人们可以做不同的理解:要是告示的内容严重呢,他这是表示惊惶;要是不是什么大不了的事呢,他这是表示嘲讽。他总是脚踩两只船的。但这次他的意见却很明确:一边倒。

商会的周会长怀疑说:"他开了口,又不是打呵欠,未必就白白算了?万一他真的乱来呢?"

"乱来?以前他在城里也还没乱来,现在招安,更要顾点面子。总不会把我们马边城哈了吧?!"

杨议长用挂在马褂纽孔上的银挖耳剔着耳屎,轻轻摇头说:"那倒说不定。他本来就是棒老二嘛,江山易改,本性难移,哪能放下屠刀,立地成佛?要是他真的不认黄起来,你们想想看……"他放下银挖耳,把屋里的人都扫视一遍。

这利害自然是谁都明白的。且不用说现在时有所闻的土匪杀人拉肥,围场洗劫,单是那传说中的辛亥年四川省巡防军兵变打起发的劲仗就吓死人了。因此,完全稳起不理是不行的。但一说到钱,就又卡壳了。几天来,在县议会杨议长的主持下,开了好几次会,始终定不下来。钱财痛人心,谁也舍不得把白花花的银子往外拿,都想卸开自己。在摊派范围上,杨议长家在乡下,主张就城里摊派;贺副议长以为这关系全县,不单是城里人的事情,要派,城乡一样派。在摊派的多少上,商会周会长主张按田粮多少,按比例分摊;胡局长坚持应按铺户大小;有的人又力争干脆照人头分派……

现在,当再碰上这个死疙瘩时,杨议长摇着手说:"各位,算了!算了!限期只有三天,不管是送鬼还是敬神,都得赶快把刀头端出来,才能了事。镜萱,你是智多星,你说说看?"

一直在专心地裹着烟泡子的幺爸,停止手指动作说:"我看,这样的事都不能过硬。硬照他的办,我们钱吃亏,硬给他个

## 一四　绅粮们失计

不理，我们人吃亏。愚下之意，不妨动之以情。"

"啊，高见？"几个人同声问。

"我是说，"幺爸从床上坐起来了，用手里的烟签子指点着说："我们可以用全县人的名义，给他送一把万民伞，称颂他在马边的功德。另外举行一次公宴，排长以上的在县议会开海参席，一般的弟兄伙在关帝庙和抚州馆摆九大碗，外加鸡鱼。临走时，全城挂彩放火炮，我们士绅亲自送到武侯祠……听我说完！为啥要走这一着棋呢？我一以为老焦……"[①]他向胡局长点点头，"……的话也有道理。他现在招安了，也想图个名嘛。这样对他来说很光彩，对我们则是惠而不费。诸位高见以为如何？"

胡局长首先拍掌赞成。众人议论纷纷。

杨议长怀疑说："难道这样泼碗水饭就把他打发了？"

"哎，我说，老眯[②]你这也太迂了。这也是一种手段嘛，即使不行，也没有害处。常言道：'伸手不打笑脸人'，我们这是给他捧玉带，吐寿字，未必还把毛毛抹反了，惹得他更加发火？要是这一步不行，又再说下文嘛。"

大家也觉得这到底不失为一着棋，便决定照办。所需要的钱，由商会垫支，以后在公款内填还。

然而，这回幺爸的计算却完全错了！

第三天上，杨司令官和部下官佐都没有来县议会赴宴。杨

---

[①] 当时袍哥社会隐语：焦，代胡。
[②] 当时袍哥社会隐语：眯，代杨。

议长和贺副议长亲自去司令部请,一去就没回来。当在县议会恭候的士绅们正惊疑不定的时候,突然开来一排人把县议会包围起来,大门上两支比一般步枪长一倍粗一倍的洋抬炮的炮口正对县议会的议事厅。两个兵服侍一管炮,卧在地上作瞄准放射之状。与此同时,四城门关闭,全城戒严,匪兵们在大街上堆积柴草,把洋广杂货店里的洋油桶子提出来,宣称就要放火烧全城。

常言道:"落水思命,上岸思财。"人们在身家性命顷刻就要化为灰烬的时候,事情便很简单了。当天晚上,在县议会里,在匪兵包围、洋抬炮瞄准和杨议长主持下(他从司令部押回来了)很快把六千元开拔费的摊派办法制订出来。下半夜,匪部官兵举着用青竹筒灌满洋油、塞上棉花制成的火炬,抬起箩筐,按户照单收缴。规定只要银圆、银子,不要铜圆、小钱,要是凑不够数,以鸦片烟和金银首饰折价代替出行。人们在熊熊火炬和枪尖、鬼头刀的光影晃逼下,六神无主,百依百顺。也有少数抵赖一下的,自然免不了皮肉受苦,或者由匪兵们随喜随喜,那损失就更大了。

第二天中午,已经满载的匪部,不用谁欢送,自己走了。这座恐怖的、死气沉沉的小城才发出一片哭叫、咒骂之声。

## 一五　被侮辱与被损害的

天还没有亮,母亲就叫我:"二娃!二娃!起来,上早学了。"

我仍懵懵懂懂地睡着,没有动。

"快些,周荣在喊你了。"

我一翻身坐起来,披上衣服,抓起帕袱包着的书一趟跑出门去。

私塾在柴市上禹王宫。大殿上塑有禹王神像,在神座前的供桌上,供着个木牌,中间一行书,"大成至圣先师孔子之神位",两旁写的是"三千众徒子,七十二贤人"。塾里的桌凳都是学生各人从自己家里抬来的,塾师袁先生用的是一张乌黑结实的大方桌和一张宽大直背的木椅。桌上放有笔筒、界方、盛土红的碗、出恭的木签和一条使人望而生畏的斑竹篾片。

塾里有二十几个学生,年龄大小不一,读书的进度也不一。有的才发蒙,还在读《三字经》,有的已读完《四书》,在上《左传》了。私塾规矩:早晨上学是读书、背书。除了背上一天上的"生书"外,还得将从前读过的"熟书"逐一背上一段。背时,先将书翻到要背的篇页，一本一本地重叠起来，捧去放在袁先生面前的桌上，然后转过身去，开始背诵。要是背不得，打了顿，先生可以把下文提示二三个字；要是再背不下去，那么轻的是喝令拿下去再读，重的就可能在头上被戳几个"爆栗子"；更甚的——那往往是因为学生特别"瘟"，总是结结巴巴，经一再提示，仍不能成诵；或者先生头天夜里喝酒太多，下一天还不大清醒，脾气不好，那就要挨上几板子了。所以这早学背书是特别重要的。倒是午学——那时马边城一般人家都是吃两餐的，早学到大约九点钟放学回家吃早饭，十点过再上学，是为午学。午学的功课一般是上生、写字、做对子或作文，就比较容易对付了。

  我和周荣到塾时，人已来得不少了。人们一坐下来，便一放开嗓子，两眼望天，大声诵读起来。一间高朗、空阔的屋子里，一片叫嚷之声，沸沸扬扬，真像夏夜稻田里群蛙鼓噪。

  我们读了好一会，袁先生还没有来。有些已经读熟、背得的人，开始分心，做起别的活动来了。我正在聚精会神地用一方水连纸蒙着《幼学琼林》书页上端的图画描绘，猛听得界方拍得一响，同时大喊："拿书来背！"我一惊，抬头一看，见周荣用墨笔在眼眶子上画了两圆圈作眼镜，唇上勾了两撇作胡子，装作袁先生，神气活现！这一来，轰的一声，全塾大乱了。笑的，高声尖叫的，拍桌子蹬地的，还有在书桌间追逐赶打的，闹得把一座禹王宫都震动了。住持赵道人皱着眉头从窗口伸进头来看看，又回头望一望，就用两个指头点点，威胁说："闹嘛，猫儿来了！"

  立刻，哗啦啦，各人都抢归座位，室内一片寂静。

在门口出现的却是袁先生九岁的小孙女。她扭动着身躯,羞怯怯地说:"我老爷病了。今天放一天假,叫你们回去自己温习。"

于是,大伙一阵欢呼,争先恐后地跑出学校。

这是五月初的一个好晴天,太阳晒得人有些发热。在极高的蓝天里,有两三只老鹰在慢悠悠地盘旋。周荣提议去西关外的小溪里洗澡。我们一路上又邀了几个小同伴,一到溪边,就脱掉衣裤,像一群蛙似的直往水里跳。大家游一阵水,就打起水仗来,互相戽水,好玩极了。等到我觉得有些冷,想到应该回家时,太阳已经落山了。

我走到天井边,看见海娃哥踮起脚尖往内瞧。他看见我,先摆摆头,似乎不要我进去,随着又点点头,把下巴朝里一抬,意思要我进去。这时候,我已听到堂屋后幺婶尖锐的、带着嘶声的怒骂了。

"好婊子婆!好婊子婆!好婊子婆……娼妇!娼妇!娼妇……"

这真像一粒粒快枪子弹射向我妈。我胆怯地绕过她的身边,溜进房里。母亲坐在床边上,她的脸色铁青,嘴唇发白,满脸的泪水,额上纷披的头发盖着了半个脸。她无声地缩作一团,像只受伤的小动物。她看见我,一把将我搂住,才哇地哭出声来。

"好不要×脸!好不要×脸!"幺婶在外面的骂声更高,更富于爆炸性了。"还好意思哭……"

母亲的手指和嘴唇都在发抖,气也粗起来。显然,太多的侮辱终于使她忍耐不住了,她猛然掀开我,站起来,冲着房门外应声道:"我有啥不要脸?也不要太嚼舌根欺侮人了!菩萨在上,阴间还有十殿阎王,将来要出报应的!"

"哟,婊子婆,你敢还嘴!"幺婶冲进屋来了,张牙舞爪,像一头狼。她扑到母亲面前,呸一声就吐她一脸的口沫。

我妈立即还吐一口。于是她抓住我妈乱打起来。

我围着她们转,"妈呀、妈呀"地叫。母亲挣脱身,拉着我往外走。幺婶是个大烟鬼,拉不过我妈,累得上气不接下气地跌在椅子上,可她却像给人打断了脊骨似的号叫起来。

"打死人啰!打死人啰……"

幺爸在后面房里听见叫声,把烟签子一丢,从床上挣起来。他顺手抓起一支大伯从前练武的铜锏,趿着两片鱼尾鞋冲了出来。

"嘿,好狗日的!"他挥舞着铜锏追来。

母亲慌忙逃出大门。他没有再追,却一把抓住我的衣领,像老鹰抓小鸡似的将我提进屋来。

母亲去三道水碾投靠伯母,从此没有再回源兴号,而幺爸、幺婶则趁这个机会宣布把她驱逐了。理由么,在旧社会,人们说"寡妇门前是非多",要迫害一个没有后家支持的年轻寡妇,最方便也最恶毒的莫过于给她搭点"是非",把她置于社会的议论、讥笑,而又无法自辩自明的可怜地位。这样,性烈的便投河上吊,软弱的就只有含垢忍辱、饮泣吞声了。

我呢,幺爸幺婶声称已把我"抱"过来了,是他们的儿子

## 一五 被侮辱与被损害的

了。他们严令我不得再认我妈，不得到她那儿去，警告说，要是我不听话，一定要打断我的脚杆。只要有亲戚来家，他们向人宣布驱逐我妈的理由，恶毒地诬陷和辱骂她时，总要指着我说：

"你们看二娃儿嘛，他虽是人小，不开腔，但他啥都晓得。所以他自己也不认那个烂婆娘是他的妈了！"

人们都把我看看，有的还点点头，或者啧啧两声。那眼光，那神气，是赞许，还是哀怜？我不明白。我只猥琐地立在一旁，像一条极不光彩的小狗，耷拉着耳朵，夹着尾巴，低垂着脑袋，觉得无比的羞辱。眼泪在我的眼眶里转……

我忍不住恨起我妈来。这样，就是以后他们放松对我的控制，我也不去找她了。有时，在街上，当远远看见她时，我也像鱼鳅一样，一窜就溜走了。

## 一六　两口子

我从此失学了。我妈走后,海娃哥接替她煮饭,我接替海娃哥服侍幺爸和幺婶,而他们的生活很特殊,是很难侍候的。

自从闹"滇军",烟禁废弛后,幺爸抽鸦片就完全公开了。他的烟具很讲究:烟盘子是苏白铜的,烟枪有两支,早先一支斑竹管的,用了多年,由于烟膏浸润,油汗的手反复摩挲,颜色黑里透红,十分光滑细致,已不大像竹制品了。但他少有用它。他现在用的是一支象牙管的,管子两端和装斗子处镶嵌着白银的云状花饰,富丽而堂皇,是花了五十两银子从一个破落的绅粮那儿买来的。烟斗子是一个黑白相间的大理石磨制成的老斗,其他的器具如烟灯、烟盒也无不精致。在烟盘前方的床边上,经常搁着一个漆盘,内盛水烟袋,蜜饯糖食和泡有极其浓酽的毛尖茶的瓷茶壶,因为抽烟后口渴、苦涩,需要喝茶吃点甜食来调剂口味。至于水烟袋,那是鸦片烟瘾过足之后,随意抽着玩儿的。

我的幺婶姓钟,据说年轻时很美,现在却有些像《目莲救母》戏中的刘十四:寡骨脸,脸色铁青,眼角和眼梢都有些下垂,眼皮平时耷拉着,半睁半闭,好像没有睡醒似的。人们背后叫她"春（钟）不烂"，我不知道这诨名的取义。

她的鸦片烟瘾也很大，在这方面和我幺爸真是天生的一对儿。他俩相对横卧床上，头枕着折成三叠的被子，中间放着烟盘。她是主要"打手"，裹得一手好烟；而幺爸吸了半辈子烟，自己却不大会裹，总是由幺婶裹给他抽。

他们通常都起得很迟。如果不是幺爸有事要上衙门，总要睡到中午。起来后，就开始抽早烟，而后随便用些早点；到半下午，人们开始吃午饭时，他们才吃早饭。他们向来不和家里人一同吃饭，菜饭都是另行做的。要是冬天，吃罢饭天就快黑了，客人也陆续来了。人们以烟榻为中心，环榻而坐。来客中有的是瘾客，便也轮流躺上去抽几口。大家的兴致都很好，谈笑风生：谈今年租谷收成，鸦片行市；谈街巷秘闻：小神子作怪，谁家的寡妇偷人，打了私娃子；也议论上次"滇军"攻城时，拖着队伍跑出去的城防队长李尊三现在成了气候，当上了司令官的新闻。

有时，来的客人多了，便拉开桌子，打上几圈麻将。屋里的鸦片烟气、水烟气，小厨房准备宵夜飘来的柴烟和油烟气，还有火盆里面的木炭气，连同牌声、人们咳嗽、吐痰和不断的喧嚣声，直将一间屋子弄得乌烟瘴气。

客人走完，已是二更过后，而幺爸的精神却正处于一天最好的状态之中。这时候才开始宵夜：喝酒，吃一天中最正经的一餐饭，之后，他在八仙桌前坐下来，磨墨濡笔，写什么呈文、状纸或者"快邮代电"。他的飞动的"七紫三羊"笔可以像一支杀人不见血的隐形利剑，也可以像一束美丽芬芳、摇曳生姿的鲜花，这在他这个"老严",都无不随心所欲,曲尽其妙。

这些时候的我呢,上午,他们睡觉时,我是最清闲的。我只扫地,收拾房间,用新瓦片磨灰来擦拭鸦片烟具和水烟袋。下午,他们一起来,我就忙开了:我要烧火盆,端茶,捧洗脸水,服侍他们吃饭,上街到荣泰斋买桃片糕、蜜枣;去鸿昌馆烧腊摊子上买椒麻鸡和卤肚子。晚上,房里有客时,我坐在门外,随时听候呼唤。客人走后,我便守着"五更鸡"为幺婶煨苡仁莲米羹,或者坐在榻前的脚踏板上给她捶腿。夜深了,我怎么也忍不住要打瞌睡,点头磕脑,前仰后合。有天晚上,我竟倚着脚踏板边的小木柜睡着了。

"二娃!二娃!"

幺婶喊了两声,我还没醒。

"你龟儿杂种!"

她把蜷曲的腿向我一蹬,我一下仆倒,按翻了火盆边的半壶开水。

水把我的手背烫起了泡,后来泡破了,又化脓溃疡。海娃哥用鸡蛋壳烧焦碾成粉末和菜油给我敷伤,又搞了些什么草药单方才治好了。

这个时期,我唯一的依靠就是海娃哥了。

## 一七　青龙！青龙！青龙！

海娃哥在大伯死后也如源兴号的一笔财产被幺爸霸占。他对幺爸和幺婶都没有一点儿好感，背后叫他们为"那两口子"，还学着当地人的神气，撇撇嘴巴："阿白！呸！呸！"来表示他的轻蔑和憎恨。

对于我的处境，他是很同情的，常常在暗地里给我一些帮助。家里大伙吃的都是"面面饭"，通常是两成包谷面加一成米混合做成的。"那两口子"吃的却是净白米干饭。蒸饭时，下面是"面面饭"，上面是白米饭。在把米饭盛起来后，甑内总要残留些白米饭，海娃哥有时就刮给我吃。这给幺婶发现了，就规定用张帕子把米饭和"面面饭"隔开，饭一熟，连帕子提起来。这么一来，甑里面就一粒米饭也没有了。不过，他总有办法偷偷给我一块肉骨头，或者一些"那两口子"吃剩的饭菜。

海娃哥平常总是快乐的，没有什么忧愁，也似乎不觉得还有什么欠缺。可是，近些时候，却有些反常了。

这年冬天，从犍为来了一个戏班子，在城隍庙唱戏。海娃哥现在晚上没有多少事了，便也随着王师们去看戏。一天晚上看完

戏回来,已经二更过了,还在厨房里窄起喉咙学"陈姑赶潘"里的小旦唱:

"哎呀呀,奴与潘郎……"

他唱得不好,声音粗浊,很不入调门,而且他也把那唱词记不全,唱呀唱的就唱不下去了。他有些丧气地坐在灶下烧火长凳上,低垂着头,摸弄裤子膝头处的一个大洞,自言自语地感叹说:

"人到二十五,衣褴无人补;要得有人补,再过二十五……妈哟,再过二十五,骨头打得鼓了……"

现时,他已经二十七岁了。

这以后有好些天,他总闷闷不乐。

一天,他忽然问王师:"你梦见过捡钱吗?"

"没有。"

"我常常梦见的。怪得很!一下子只见满地是钱,有小钱、铜圆,还有白花花的整坨整坨的银子。捡也捡不完,越捡越多。"

"哎,这是你前世的子孙在给你烧化纸钱。"

"真的吗?"

"真的!"王师点着头,神气挺认真。"人死后是要投胎转世的。但原来的子孙咋晓得呢,所以逢年过节还照常给你烧纸。"

海娃哥两眼望天,显得很悯然,"那有啥意思啊,我又得不到"!

王师就讲起确实有人捡到过钱。有个老汉挖地时,偶然发现地下有块石板,他把石板抠起来,下面窖着个坛子,装的全是银翅宝。可谁又知道哪儿埋藏得有银窖呢？

"钱啊钱！"王师慨叹道："人，生不带来，死不带去，可别人有钱，你我活着就是没钱。常言道：'人无钱而不行，鸟无翅而不飞''一个钱逼死英雄汉'啦！"

"啥哟！"海娃红着脸，愤愤不平了。"你再说没钱，一年还有工钱十二吊。可是我哩，妈哟，穿的在身上，吃的在肚里，毛钱没得一个，快要三十了，还是他妈光杆杆一条！"

王师看出了海娃的心事，哈哈笑起来。他扳着指头说："就算也给你十二吊吧，你算算看，一个月一吊，按三十天计算，三三九的三三九，一天平均三十三个钱，你讨得起婆娘，养得活娃儿么？我说，老弟，要想砌窠窠，还得另外打主意。俗话说：'人无异财不富，马无夜草不肥'嘛！"

"啥子异财？能偷么？抢么？"

"话不能这样说。未必除了偷抢就没有路子？比方说，在柴市的红宝场合上，我就亲眼看见有人在一个晚上赢了上百两的银子……不过，这个钱搁得高啊，老弟，只怕你没有这个胆子和运气。"

"当真？"海娃的眼睛睁大了，闪着灼灼的光。

红宝场合就在柴市禹王宫的隔壁。这儿在清朝是官盐店，现在却是城里最热闹的赌场。每天天一黑，赌钱的人就陆续来了。大厅上点起两盏六个嘴的"满堂红"吊灯，火焰腾腾，黑烟滚滚，照得厅里通亮。灯下，用八张方桌分两列拼成一个大台面。

·旧　话·

外宝倌坐在上方，左右两旁分坐他的帮手，赌客们坐在另外三方。这红宝是个四方形的木匣，中间分为前后左右四个空隔：左青龙，右白虎，前出门，后归身。由内宝官在厅后一间密室里将一方红漆木块装在一个空隔内，盖好盖子，再用一方红绫覆上，捧到赌场，端正地放在外宝倌前面，然后赌客们按青龙、白虎、出门、归身的位置，押上自己的赌注。

这种赌博只有四分之一赢的机会，但却是一文赔两文。人可以只押一方，也可同时押两方。押一方要是中了，可得双倍的利益；押两方倘一方中了，抵去输的一方，还可赢一方，人们以为这是划得着的。至于还有两方全是输，赌徒们是不考虑的。赌博本来就有赢有输，输赢中的冒险性越大，刺激性越强，就越是吸引人。再说，这种赌博看来也比较公平。红宝盒子摆在桌面上，在众目睽睽下揭开来，红木方装在哪方，是青龙、白虎、出门还是归身，明明白白，没有走展，宝倌也无从做手脚，纵是老实一点的人，也不怕"挨烫"。还有，它比推牌九、掷骰子都更简单，直截了当。它不用学，也不需要什么技巧。当然，人可以猜测宝倌到底把宝装在哪方，但这是很难找到根据的，一般的赌客押注都只凭个人的直觉或者什么"兆头"。

这些，对海娃哥都有极大的吸引力。

在这之后不久，海娃哥便常常偷偷跑到场合上去，遇上幺爸幺婶走人户不在家时，便也带我去。他没钱下注，只是看热闹。他站在人后，专心专意地猜测这回该出什么宝。我呢，在场内到处遛走，看那些烧腊摊子上油亮亮的卤肉，比较谁卖的甘蔗更长,更粗。

"你猜,"海娃哥忽然从人丛中钻出来拉着我,"这回要出啥宝"?

我摇头表示不知道。

"归身!一定是归身!"

"我不信。"

"你敢不敢跟我打赌?"

我不敢跟他打赌,他也没有认真要我跟他打赌。一会儿,宝开了,确是归身。他兴奋得直在我背上捶,无限惋惜道:"唉,要是我有钱啊!要是我有钱啊!"

这年年终,幺爸按源兴号旧例发压岁钱。他给海娃哥五百,算是对他一年中像牛马畜牲一般义务劳动的报偿。我只得了五十文。我们都很高兴,因为平时我们是一文钱也没有的。我只花了十文钱买了五十枚小响炮,又吃了两文钱的葵瓜子,剩下的都用纸包好藏在床草里,打算买颜料为我画的《三国演义》人物着色。海娃哥呢,他有个旧羊皮裹肚,他把钱装在里面,紧紧系在腰上,裹肚沉甸甸地坠在小肚子下,他不时又伸手去搂一搂。他什么也不买,一文钱都不花。他自有打算。

新年初一,照规矩是不出门的。初二,在吃过迟午饭,把厨下收拾好,又把跟有关服侍幺爸幺婶的一切事都弄好后,我们自由了。天刚黑,胡二爷和王师们都在柜房里打纸牌,海娃哥带着我从半掩的源兴号大门溜出来,直奔柴市。

柴市的赌场门上挂着一个新的南瓜形的纱灯笼,厅上除了原来的两盏"满堂红"外,也挂了两个大红纱灯,显得光明熠耀、喜气洋洋。卖瓜子、花生、甘蔗和柑橘的小贩特别多。厅子里挤满了人,红宝案子周围更是密密麻麻,没有空隙。海娃哥丢下我直往人里挤,凭他气力大,终于挤进去了。案子四周的长凳上都坐满了人,他只能站在人背后。

他等着看,开了一宝,是青龙。他把手从衣襟边伸进裹肚里去,紧紧握住那硬邦邦、暖烘烘的钱坨子。他有些发热。这本来是数九寒天,外面刮着风,浓厚低压的云正酿着雪。但在这儿,头上有两盏共十二个火头的"满堂红"在发着光热,四周是人挤人,人的热气又互相传感。他出汗了,握钱的手也是汗津津的。

红宝匣子又由内宝倌从后面密室送出,放在案上了。人们审察着、思忖着,还没有谁押注。海娃倏地从裹肚里掏出两百钱,向他前面一个认得的人打招呼:

"嗨,魏二爸,费心,帮我押青龙。"

那人回头不屑地瞟他一眼。

他急忙把钱递上去,央求说:"费你心,二爸,帮我押,二百全押青龙。"

那人惊异了:"咦,蛮娃儿,你在磨子上睡觉——想转了么?"

海娃脸上放着油光,显得神采飞扬,全不把别人的讽刺在意。"青龙!青龙!"他喷着口沫,直把钱往魏二爸手上送,似乎怕迟一步就押不上似的。

魏二爸按他的要求把钱押上了。

## 一七 青龙！青龙！青龙！

赌场内一片嗡嗡之声。赌哥们也开始审慎地押自己的赌注。人们说什么，押什么，海娃全不关心。他只鼓着一对牿牛般的大眼睛，死死把那覆着红绫的宝盒盯住。这一宝的时间似乎特别长，但他不着急。他已经押上去了。他完全肯定必然是青龙，因为他昨夜做了个梦，梦见一条又粗又长的乌梢蛇跟着他追。乌梢蛇就是青龙。这是一个好兆头！他已在计算：这一宝就可赢得四百文，差不多要把他的财产翻一番了。

宝倌站起来，双手按住宝盒，高声喝道："嗨，开啦！"场上一片紧张的寂静。所有的眼睛都紧盯住宝倌的手。他揭去红绫，打开盒盖，又唱道：

"嗨，看清楚哪！红运转右方，白虎正当行！白虎宝，看清楚啦……各位大爷二爷、大哥么哥都不要动！是白虎的，赔起；是青龙、出门、归身的，把钱拿过来。"

海娃的眼睛鼓得像要突出来了。他怎么也不相信这宝竟是白虎。然而，红木方确实是在右方。他的嘴唇发干，气有些紧。但他并没有丧失信心。当下一宝再装出来时，他又从裹肚里掏出两坨钱，递上去。

"两百，青龙！"

宝又开了，是出门。

第三次，他把最后一坨钱掏出送上去时，他的声音低沉，带着战栗："还是青龙！"

但这回再转为白虎。

海娃哥从人丛里挤出来，一脸大汗。他的裹肚空了，腰间失去了沉甸甸的感觉，人也是轻飘飘的，好像一只起了货载的船。我向他迎上去，他不理我，只顾大步地往家里走，一进厨房便软软地跌坐在灶下的板凳上。他怎么也痛不过。五百文呀，整整的五百文，一文没花，一下全都化为乌有了。就退后一步想，打比这是梦里捡着的吧！但还是痛不过。

胡二爷打完牌来厨房找热水烫脚，见他气色不对，一问起来，也很为他惋惜。他开导说："这钱财是有分的。'命里只有八角米，走遍天下不满升。'你没有这个福分，吃不了这个食子，以后就不要再去赌了。"

海娃哥没有应声。他心里不服。他以为王师说得对："人无钱而不行，鸟无翅而不飞。"可怎么才能给自己插上翅膀呀……

## 一八　在尘封的阁楼上

元宵的鞭炮焰火的硝烟一散，马边这个裹肚子小城的生活又回到原来的轨道。正是：

> 一年又开始，
> 火烧门前纸。
> 大的做生意，
> 小的捡狗屎。

在源兴号，胡二爷又把铺板打开，擦得亮堂堂的黑柜台上整齐地堆放着酒杯、酒碗和酒敞子。后院面房里，王师双臂靠在横担上，两脚一上一下轮番踩着罗柜的翅板，而那条大黄牛则在罗柜的咚咚声中，慢悠悠地绕着大石磨转。一切都仍如原样。

然而，却也发生了些意料不到的事。

幺爸在十六日晚上一回家来就宣称他有急事要于明天外出，叫幺婶和海娃当夜就为他做好准备。

事情是这样的：自从上年"滇军"开走后，马边县属于驻在嘉定的川军八师陈洪范的防区。师部委了一个新知事,却没有派来驻军。现在忽然传说"李司令官"要率队来马边了。

这"李司令官"是谁?原来就是从前马边镇边营的一个哨官李尊三。前年"滇军"攻城时,他带领城防队随同县知事出走。兵士们一路开小差,有的丢下枪支跑回家,有的带着枪支做了土匪。到达乐山铜街子时,只余下五六十个人了。他见事情不妙,便也丢掉县知事,带着剩下来的人枪在屏山马边间棚子,做棒老二了。一年多中,他合并了刘德海和刘德成弟兄匪部,又吃掉一些零星的土毛子,人数发展到一百多。现在他自封为"清乡军"司令官,扬言要回马边"剿匪安民"了。

机关法团士绅知道他来者不善,决定派出一个代表团去向他请愿:地方去年才遭匪患,元气未复,粮饷供应都有困难,垦请他念在桑梓之情,不要到马边来,要是阻挡不住,便转往嘉定,面见陈师长,请速发兵来边,"以防匪患,而安黎庶"。

幺爸也是代表之一。

幺婶对此极不以为然。抱怨说:"哪个叫你去当代表哟,这不是找虱子在头上爬?"

幺爸不作声,只用银牙签剔牙齿。他本来也是不愿去吃这个苦的,且不说骑马坐轿旅途都不免劳累,单这抽烟哪有在家方便舒服?但他转转眼珠,终于莞尔一笑说:

"这就不是你们妇人家懂得的了——去也有去的好处。"

"啥好处?"

他只是笑而不答,心里却说:"啥好处?当代表荣耀,一也；见到李司令官，我可以跟他叙本家，暗通悃诚，预为地步，二也；到嘉定，晋见陈师座，这更是难得的机会，我自有搞干，三也。这就叫着'机'，人要'见机而行'！"

这样，在下一天，幺爸便坐上轿子，带着海娃和烟具、时新的搪瓷饮食提盒，和其他代表一同走了。

海娃哥走后，在源兴号里，我失去了最后一个依靠，感到十分孤独，而幺婶对我则盯得更紧了。每天中午她醒来，在床上一张开眼睛，便不停地使唤我做这做那，要是连喊两声我还没有跑到她的面前，她就恶毒地骂开了：

"二娃儿咦，不是他妈的好东西！长不大，要断嫩颠颠的！长大了，不挨刀挨炮，也要打烂仗，死在城墙边……"

要是我有什么过失或者她看不顺眼的话，她便劈头劈脑给我打来，倘在抽烟，就顺手用烟签子一戳。我的手背手肘上常常有些伤痕。

日子很难熬。只有每天上午，当我把要做的事做完而她还没醒来时，我躲到后面阁楼上去，能暂时得到一些舒畅。

源兴号前面两进房都有楼。前面的主楼堆放谷子和不用的家具，后面靠花园的阁楼全堆的是书。这里面有源兴号历年的账簿子、父亲、祖母和伯父死后人家送的挽联，而更多的是我父亲遗留下来的书。有大本子木刻线装的古书，也有些是他改学新学和教书时用过的铅印或石印的新书。另外还有大量的手抄本，都是红格直行的本子，写着瓜子大小的极其工楷的毛笔字。母亲以前说：父亲在回家养病中，只要病好些，就成天地伏在桌上写呀写的。她劝阻他。他总是笑笑说:"给两个娃儿留点东西也好哇!"

我还回忆得起他的神态:高高的身材,由于十分瘦弱,本来合身的衣服就显得过于宽松了,有些空落落,仿佛是挂在一具骨架子上似的。他的脊背微曲,两肩上耸,勾着脑袋,坐在红漆的四抽桌前,凝神聚气地写着,时时咳两声。有时,咳得厉害了,爆发为连续性的呛咳,他就放下笔,双手捂住胸,苍白的脸上泛出一些不自然的红晕。他吐出一些带白泡的痰,喘一会,又拿起笔来了。

他写的什么呢?谁也不知道。他死之后,这些手写本连同他所有的书籍都被搬到这楼上来,长年累月没人过问,已积满了尘埃,耗子在里面做了窝,有的已被咬成碎片了。我这时只读了三四年私塾,对大部分旧书和他写的都看不懂,也没有兴趣。我在书堆里翻到些小说。这些书大都是有光纸石印的所谓"洋版书",字体很小,但附有插图,这却使我很高兴了。开始时,我只喜欢读《封神榜》《说唐》《七侠五义》《三国演义》和《五才子水浒传》。我不光一本本看下去,还用水连纸蒙着描绘书上的插图。我画了《三国演义》卷首的所有人物像,又画了"宴桃园豪杰三结义""张翼德大闹长坂坡""关云长温酒斩华雄"等故事插画。

楼上平时没有人来,极其寂静。窗外是个花园,种有紫荆、蔷薇、茉莉、兰草这一类的花卉和几株果树。父亲在回家期间,常来侍弄,自他一死,花草就衰败了。园子里有蛇,平常园门都关着。从楼上看去,只见一园深深的荒草。一株梨树的枝条几乎要伸入窗内。当暮春梨树的叶子都发齐的时候,像一张绿茵茵的帘子挂在窗前。常常有寻巢的燕子和迷路的蜂蝶飞进来,成为这空楼的来客,叽喳一阵嗡嗡一阵又飞去了,屋里恢复了原来的寂静。我在蛛网尘埃中,在散发着淡淡的老鼠尿和霉气的空气里,开始了我一生中可以说是第一次的追求。

我看完了那些能看得懂的书后,又逐渐扩大范围,看了《绿野仙踪》《平山冷燕》《聊斋志异》和一些林纾译的《说部丛书》。这些书的许多字我认不得,意义也不大明白。我嚼不烂,就囫囵囵地硬吞。这样过了一些时候,就渐渐明白了。一个新的境界在我的脑子里展开来。我沉浸于那些离奇曲折的故事中,忘掉了现实,忘掉我所处的可怜的地位,使我精神上得到一些安慰。但也有时,书中人物不幸的命运,特别是那些寡妇孤儿的眼泪,却像一些盐,抹在我的伤口上,使我感到特别痛楚。我觉得我的遭遇跟他们多相似啊!我思念我死去的父亲,也开始同情我的母亲。她实在太可怜,不明不白地就给人家赶走了,连喊冤都没个门路!我自己呢,只像一株在大石磐下的柔弱的小草,我无力量也没胆子反抗那些有形和无形的千斤压力。我只幻想:要是我能学土行孙,会驾"上遁",逃到一个自由自在的地方,或者遇见什么高僧高道,携我上峨眉山,学成能口吐剑光的剑客,给我妈报仇,可多么好啊……

这样白日做梦,忘乎所以,直到听见下面幺婶的叫骂声,我才慌忙跑下楼去。

## 一九　逃出源兴号

幺婶的熟膏快用完，又要煮鸦片了。

这是一个很复杂的过程，以前由海娃哥先做粗笨活，生炉子，将生鸦片加水初熬，过滤，再将烟汁倾入铜瓢内，用小火再煮，再熬，直到水分去尽，瓢里的烟汁变浓，鼓起大泡时，才请幺婶来看火色，收烟膏。这是很费时间的。一饼十两八两的生土从下午直熬到晚上，收起来的熟膏不过二三两。

现在海娃哥不在家，幺婶叫我做这前半部分的工作。

我人笨，又没经验，把水掺多了，滤出来的烟汁快要装满一瓢，而炉子里的火又太大。煮沸以后，烟汁汹涌沸腾，从瓢口溢出来，流入炉内。炉火滋滋作响，浓烈的烟雾上升，空气里弥漫着焦煳的鸦片烟气味。我急了，忙把瓢从炉上端起来；哪晓得铜瓢柄给火烤得滚烫，我忍不住痛，一松手，瓢落地上，烟汁泼了一地，倒去大半。我正张皇无措间，幺婶已嗅到焦煳的烟味，从房里出来了。

"哎哟，你这龟儿子！"

她一声尖叫，顺手抓起灶下的吹火筒，劈头盖脸一阵乱打，打得我头脑发蒙,两眼发黑。我转身逃跑,她跟着我追,由后院转到天井。我猛然想起一年多前我妈被逐的光景,一阵强烈的悲怆愤恨打心底涌上来,我一窜就窜出了源兴号大门。

没有任何犹豫了,我忍住泪,忍住痛,去找我妈。

我妈初由源兴号出走到三道水碾时,伯母由于对她的同情,也由于对那"两口子"的旧恨,极力怂恿她上衙门去告状,或者投源兴号的家门亲戚讲理,要不然就采取更直接的手段,拉他们到城隍庙宰鸡狗,赌咒。但是母亲一件也不敢实行。她既没有勇气抛头露面,也担心自己人单势孤,斗不赢那"两口子"反倒落得人家耻笑。实在没奈何了,她便到东岳庙去烧香许愿,到屋后坡脚下父亲的坟上哭诉,希望天上的神或者阴间的父亲能保佑她孤儿寡母。

这使得伯母很瞧不起她,觉得她没出息,是一窝扶不起来的爬地黄瓜,待到日子一长久,一个新的矛盾发生时,伯母就十分不耐了。

我哥哥小名连云,人们却叫他鲢鱼。鱼是很滑的。他也像鱼,总是活蹦乱跳,极其淘气。他在六岁就上私学,读了几年,只读了几本发蒙的识字书,读到《四书》时便上不去。一本《论语》读了一年,还不能包本背。过继给伯母后,他改在西街彭家私塾上学,没和我在一起,一个人便经常逃学。为此,他常常受到塾师的责打,可越打越是逃学。我妈现在管不了他,而伯母为了要把他"养家",凡事对他总是迁就一点。她给他缝了新衣服,赶场天割些肉做成馅子,专给他和饭吃。这些都是母亲做不到的。这使他愿意到她那儿去。可他却有些像野猫，有吃的就去，吃饱了就跑了。他常常借故到源兴号母亲处，一住几天，赖着不走。伯母从乡下赶来，又哄又诓，才把他弄回去了。

现在，母亲来到水碾上，他和她更加黏在一块，而伯母也更没有磁力了。这好比鹊儿巢里闯来了一只斑鸠，原主子倒要被挤在一边。这是伯母绝对不能容忍的。她是那种火炮子脾气的人，一着火就要炸。轻哩，发脾气，给我妈一些脸色看；重哩，就不三不四地"骂花鸡公"。

一天，她敞放的一头小猪把菜园边的南瓜啃坏了，她跳起脚骂开来："哟，你杂种也来糟蹋老娘！老娘这是清明会上的么？是捡来的么？老娘这份家务是死鬼李克生自己挣来的。妈哟，那严嵩、钟不烂要想夺它，这且不说了，你杂种也来啃老娘！老娘的南瓜小了，经不起大家都来啃；老娘的塘小了，也养不活那么多的鱼！你有本事，到源兴号去嘛！去找那两口子算账嘛！跟他们拼命嘛！你到我这儿来捞屁！你舍不得你儿就带起走嘛。老娘不稀罕。老娘一个人也不怕。和尚无儿孝子多。老娘沟死沟埋，路死插牌，不要哪个披麻戴孝……"

她骂着骂着，倒一把鼻涕一把泪地哭起来了。

母亲躲在房里，一声不吭。到夜深家里人都睡熟后，她才摸出房来，悄悄开了厨房的后门出去。厨房外是菜园子，再下是水碾的出水沟，水由这儿注入溪流的一个深潭。热天，儿童们常来游泳，也常有小人在这儿淹死。人们传说潭里有水鬼，年年都要找替身的。现在，在微茫的星光下，暗沉沉的潭水显得很安静、

## 一九 逃出源兴号

柔和甚至亲切,人只需往下一跳……

可她却在潭边草地上坐下来,幽幽哭着,数落着,下不了决心。她丢不下儿子,尤其是那个在源兴号的小儿子。天啊,她一死,谁晓得他以后会怎么样……

快天明时,管碾子的长工老范起来开水闸发现了她,把她劝回去了。

伯母也有些后悔,她怕真的闹出人命案来。她克制了些,却在暗中打主意:一定要把这只闯进来的斑鸠排出去。

终于,她找到了一个机会。

自从"滇军"来后,乡下便有了土匪,现在更越闹越凶。沟里一些有钱的人都纷纷往城里躲避。伯母也在后街侯家院子租了房子,她把水碾交给老范看管,自己带着我哥哥搬进城来了。

对于我妈,亏她也想了个好主意。

现在,因为世乱,谣言很多,一些原定要冬腊月才举行婚嫁的人家都很着急。尤其是女家,急于提前把姑娘打发出去。都需要赶做嫁妆。侯家院子的二先生娘也要给幺姑娘做陪奁,伯母便把我妈推荐去帮忙。她的手本来很巧,能绣能挑,自己还会画花样,不用另外求人,一去就很受欢迎。侯家完了,又到另外一家,一直活路不断。她在谁家做活,就在谁家吃住,另外还要给一点工钱。

这么着,伯母推脱了我妈,而我妈也有条生路了。

现在,母亲在南街上张保保家做针线活。

张保保和我妈的娘家有些瓜葛亲,我哥哥又寄拜她做干娘,因此我也跟着叫她作保保。她的当家人已去世，现在开个油蜡纸火铺。她虽是五十多岁的人了，但身体结实，极其多话，好管闲事，爱凑闹热，"十处打锣九处在"，又没有什么心眼，有些恍兮胡兮、颠三倒四的，因此人们开玩笑，叫她"张疯婆"。久而久之，这个诨名喊开了，人家当面这样叫她，她也不生气。

当我刚胆怯怯地走到她家门口，她一见就惊炸炸地叫起来。

"哎呀，二娃儿，你杂种怎么也想起来了？我默道你死了哩！你跟到那粉脸壳壳造反，不认你妈，忤逆不孝，五雷要打你的……"

她一骂，使我一年多中积起来的委屈像决堤的水似的，一下冲了出来，我放声哭了。

我妈放下针线活出来了。她没有骂我，只是拉着我，检视我头上和肩背上的瘀血斑斑的伤痕，流着眼泪。

张保保也可怜我了："哎哟喂，打得这样惨！那钟不烂呀，比奸臣严嵩还坏，是个黑心肝，连心子把把都黑透了！我说，二娃儿，你从此不要再回源兴号了，不要再认那两口子了。你就跟着你妈，你妈有吃的，你总有吃的。俗话说得好，'儿不嫌母丑，狗不怨家贫'。跟着你妈，就说苦点，也比跟着那两口子挨打受气好。"

## 二〇　听评书归来

在张保保的帮助下，母亲在东门后街张家院子租了一间住房。这样，我们到底有个家了。

现在母亲很少到人家去做针线活，因为留我一个人在家她不放心，害怕幺婶来把我抓走，让我跟着去当个"带头"，即使别人不嫌，自己也觉得不光彩。她只在家里接受人家送上门来的针线活，要是没有，就自家做些婴孩鞋帽呀、围裙呀、老人穿的鸡婆鞋呀什么的，逢赶场天，在新街口，用个筐箩摆上出卖。

日子是艰难的。母亲尽管没日没夜地挑呀绣呀，仍是不大能维持得了两个人的生活。她很希望我也能挣些钱，帮贴家用。但做什么呢？在马边，人们求生活最方便也不要本钱的办法是上山砍柴、下河担水卖，但是我年纪小，没那气力，端个小筐筐上街叫卖油糍粑、葵瓜子吧，她又觉得我们毕竟是"书香之家"出来的，会要惹人笑话。却恰好，这是春天，可以去择茶叶。

张家大院子除了主人家住正屋外，厢房和后院还招佃了好几户人家。在后院有一家姓刘的茶商，原是安岳人，也是跑溜溜场做行商的，后来找了点钱，又和省上一家茶号拉上了关系，就专做茶叶坐庄生意。春天里,当新茶上市时,他大量购进。这些从乡下人手里零星收进来的茶叶,品类很不一致,其中又杂有茶梗和被叫作"黄鸡婆"的老叶,这就需请人加以选择。这时候,在张家院子的天井里,便安上两三个大簸箕,没事的妇女们、娃娃们都来围着拣择。一天完了后,刘家的老板娘刘二婶将人们拣出来的粗茶、老叶过秤。每两付给两文钱,一般一天可以得二三十文。这笔钱,我妈再添一些,就可以买半升米,差不多够我们母子两人一天的食用了。

这活路一般都在白天,只有时为了赶工,晚上也在刘家堂屋里挂上一盏带玻璃罩的新式洋油灯,让大家赶择。

一天黄昏,刘二爸才在给灯上油,人们还没有围坐下来,周荣忽然来了。他站在天井边向我点头。

"啥事?"我向他走去。

"走,去听评书《济公传》。"

"哈!"我快活地叫起来。

离开源兴号来挨着我妈后,我感到温暖、安全,但我也失去了那书楼,使我精神上觉得另一种说不出的寂寞。这《济公传》我虽没有看过,但那疯僧奇特的形象和古怪的行为我是听人说过,并且很感兴趣的。我决定去央求我妈,让我今晚上去听听。

我同周荣走到前院来,却见我家房门关着。母亲到间隔曾家去了。她为了节省,晚上一般都不点灯。曾家婆婆夜里要绩麻,堂屋里点有一盏桊油灯,我妈便去陪她摆龙门阵,一面做些针线活,有时也给大家念一点"善书"或唱本,到二更时才回家,而

## 二〇 听评书归来

一回来就摸黑睡了。

我忽而一转念：要是她不同意呢？再说，我就去了，她也未必会知道吧？我立即紧走几步，和周荣出得朝门，一趟跑了。

说书地点在丁字口的"龙湖居"。茶馆里分左右安两列茶桌；正上方用两张方桌搭个台，上面摆张小条桌和一张高背木椅，桌上放个小小的界方，这就是说书台。现在，茶馆里亮堂堂的洋灯点燃了，听评书的人已陆续入座，我和周荣跟一般小人和没钱的师哥、徒弟一样，都在茶桌与茶桌间的靠壁处找个空隙站着，这样既不怕人挤，也不会因为妨碍幺师往来提壶冲开水受到呵斥。

说书人罗二烟灰是个大瘾客，青白的瘦削脸上散布着土痣子和雀斑，看来真像烟灰上了脸似的。他穿一件灰不灰黑不黑的长衫，上面满是油迹，袖管污黑得发亮；敞开的领子一年四季从来不扣；肮脏的赤脚上趿着一双鱼尾鞋，走起路来啪嗒啪嗒。他善于讲《济公传》，人们以为他这副尊容就活像济公，所以又叫他"罗济公"。他模拟济公的口气，表演他疯疯癫癫的可笑动作。他的界方也拍得时轻时重，时急时徐，配合着故事的内容和情感的变化，一声声叩击着听众的心弦。正当讲到最紧张、最过筋过脉处，罗二烟灰的界方猛地一拍，宣称："要知后事如何，且听下回分解！"

人们松了一口气。茶馆里恢复了杂乱和闹闹嚷嚷的气氛。罗二烟灰从台上下来。他端个土斗碗，挤过人丛，走到每张茶桌边，将碗往桌上一放，说声："张罗！张罗！"于是人们便纷纷向碗内投钱。一般是一文两文，也有投三五文甚至一枚当十铜元的。对于一般挤在堂口和过道上站着听的人,他不伸碗讨钱,也不加以歧视。按照走江湖卖艺人的信条:"有钱,钱帮忙;没钱,人帮忙。"这些人起着"扎场子"的作用,对于形成场面上热烈的气氛是必不可少的。可是,如果你不懂窍,抽身要走,他便要挖苦你了:

"喂,幺爸儿,你要走了么?慢些,看把你的'印'掉了!"

这点轻轻的嘲讽虽不伤人,却是使人很难为情的。

罗二烟灰收完钱,就喝茶,抽烟,休息。之后,又继续讲书。这一直到段打更敲二更时,他才再次宣称:"要知后事如何,明天晚上请早!"

我和周荣走出"龙湖居"大门就该分手了。他该往左出北门,我该往右转东门后街。

"你天天晚上都要来听么?"我问。

"不,我现在上小学堂了,晚上我还要温习功课。"

"小学堂读什么书呢?"

"有国文、修身、算术、英文,还有唱歌、体操。哈,下洋操、耍哑铃,好耍得很哩,你也来吧!"

我向张家院子走去。巷子里所有的人家都关门闭户,静悄悄地没有一个行人。迟出的一钩下弦月淡淡的光辉使一切都变得朦朦胧胧,特别是那些照不到月光的处所,格外显得阴森。这是《聊斋志异》里常常讲到的出鬼狐的月夜,要是在平时,我会害怕,但是此刻我的心里塞满了说不清的混乱的感情。我估计择茶的人都已散了。最好母亲还在曾家,我就可以偷偷溜回去,装作早睡了。

可是,我一掀开虚掩的朝门,就见我妈独坐在檐下的月阴里。

"你到哪儿去了?!"她的声音是愠怒的,也是悲哀的。借助月光,我见她的脸色特别苍白,满脸都是泪光。"我默道你……"

她没有往下说,我猜想她大概是以为我又给幺爸幺婶抓去了。我嗫嚅地向她作了解释,她又责备我为什么不给她说一声,致使她担心得了不得。

已经脱衣服上床了,她又吩咐说,明天是赶场天,早饭后,她要上新街口去摆摊子,要我早些上刘家去择茶叶,不要乱走了。她已经心平气和,没有再怨我的意思了。可是,我却还很不平静。自从和周荣分手后,在我心里升起来的一个模糊的念头逐渐明朗起来。现在我一想到整天死死地坐在筐箩旁边,手指不停地择茶的既无聊又枯燥的生活,心里就觉得无比的厌烦,因而这一念头就成为极其强烈的冲动了。

"妈!"我喊一声,可话到口边又有些犹豫了。

"哎?"

"妈……"

"不要说了,睡了!"

"妈,我想上小学堂读书!"我终于冲口而出了。

"啥子,你说?"她一震,仿佛我这话刺着了她似的。

"周荣上小学堂读书了,他叫我也去。"

"你才想得好哩，上小学堂读书！你看看坛子里还有几颗米吧，明天吃了，就没有了！你还吃不吃饭？读书，可惜你的命不好，你的老子死早了……"

我听到哭声。她还在继续数落，但是抽抽噎噎，断断续续，不大清楚。月光从屋顶上猫儿窗口射下来，恰好落在床上。她用手臂半抱着头，我看不见她的脸，只见她的肩背不断地抽动。这样的情景在父亲死后的这些年里我曾多次见过，但这一回才使我真的受到感染。

我咬住被头无声地哭了。

## 二一　烟与赌之争

傍晚时分，在新街口，我忽然看见好久不见的海娃哥，他穿一套旧的灰布军服，小腿上缠着绑腿，嘴角边叼着半截纸烟，样子显得挺神气。

他告诉我：马边各界代表向李司令官请愿没有得到他的准许，现在他率领他的部下，打着清乡军司令官的旗号，正明公道地开进马边城来了。幺爸是司令部的参议官，他呢，也当上勤务兵了。

我好奇地看着他："你当兵啦？"

"这只是个名义。我还是跟着幺爸，也没饷关，但是，有了这个'二尺五'，嘿！"他拉拉自己灰布军装的下摆，向我眨眨眼睛。

我担心地问他："你看，幺爸这回来，会来逮我么？"

"不，幺爸骂你不识好歹，是喂不家的狗，就当作把你也撑了，不会管你的了。不过，那个主儿，"他伸出小指头，"心太歹毒，你还是避着她一些好"。

"你这要到哪儿去？"

"到司令部去接幺爸。不过，现在时间还早哩，他们一定还在打麻将,我先到官盐店场合上去看看。"

"还是押红宝吗?"

"不,是丢骰子。哈哈,连贴,这一向我的运气才好哩!"

他已经往前走了,忽然又站定说:

"哎,我想起来了,我这儿给你留得有一个好东西。"

他从军服口袋里掏出一个"强盗牌"纸烟盒,上面画有帆船、大炮和一个翘胡子、仗弯刀的大汉。盒里装着好几张纸烟画片。我一看,乐得眼睛都亮了。画片有姜子牙、黄飞虎、孙膑、赵云。这些人物我都是熟悉的,但这么精致、小巧的硬纸画片我却从来没有见过。

"还有吗?"我拉着他问。

"以后有了,我会给你留着的。"他边走,边回头对我说。

这时,纸烟才传入马边不久,吸的人还很少。一般家居的人都抽水烟,做生意和下力的烧叶子烟,只有少数"假哥"们才口衔一支,招摇过市,引人注目。现在海娃却抽起纸烟来,这说明他的境遇已有些变化了。

李尊三司令官这个"清乡军"一共不到两百人,却编为三个连。第三连连长陈奎原来是城防队的一班长,年纪很轻,才不过二十三四岁。城防队在外撤中,许多人都生过二心,只有他把李尊三贴得很紧。李以为他忠实可靠,把他收为干儿子。现在他除了当上第三连的连长外,李尊三又把司令部的二十几支手枪集中起来,成立一个特务队,叫他兼任队长。李尊三依靠他作心腹,他呢,也仗恃他干老子的势力,十分跋扈,俨然是个"二司令"。

## 二一 烟与赌之争

第一连长刘德海和第二连长刘德成是亲亲的两弟兄。他们原在屏山、马边间拖棚子,有人枪五六十。他弟兄仗恃本钱是自己的,刘德海的枪法又好,可以击落飞行中的麻雀,打灭三五十步外点着的洋灯,所以极其横豪霸道,瞧不起陈奎,骂他是"吃相饭的""晏子娃娃",双方的矛盾向来就很深。

现在,马边在名义上属于川军第八师陈洪范的防区,李尊三也打着八师"清乡司令官"的名义发号施令,抽收田粮和各种捐税。当然,粮食土里所生,粮赋载在田册,这是没问题的,但是说到捐税就不很妙了。近些年来又闹兵、又闹匪,由马边到清水溪路上便有好几个匪棚。县里的丝茶山货运不出去,外面的盐布酒锅、洋广杂货运不进来。县财政收入最大来源之一的百货厘金,有时整天收不到钱。这么一来,这个部队的士兵便只有伙食供给,没有固定的薪饷。"清乡"所得的猪呀、鸡呀,用来打牙祭;要是"财喜"多一点,就临时发点"草鞋钱"。至于头目们呢,自另有财路。

陈奎的手最长,他首先伸向"红灯"。

鸦片一开禁,很快便在民间流行开来了。有钱的人是为了消遣,摆"苏气";穷人哩,是为发求得一点活力,一点精神上的安慰。一个"挑脚"或者抬滑竿的"流差",在到达一个乡场,放下沉重的负担,已精疲力竭、歪歪倒倒的时候,他们要做的第一件事不是吃饭、喝水,而是马上钻进烟馆里去。当其蜷倒榻上,"吞云吐雾",浑身筋骨松弛,什么痛苦都暂时忘却,其使人陶醉有似于酒,而在烟瘾过足之后,重又获得了气力,能担起担子，再上长途，其作用又远甚于酒——不，简直远甚于神。在那个苦难的日子里，神是不能给予人以这般力量的。因此，在一些小乡场上，不一定有饭馆，但一定有烟馆，在大路旁边的幺店里，则往往是堂口卖饭，堂后卖烟。在城里呢，单从北门到西街丁字口，不过一二百步，便有烟馆五六家。讲究一点的，门上挂着蓝布门帘，室内是单床，设有床单和靠头的枕被，烟具也要精致些；专供苦力们的鸡毛小店，则门上挂一块破麻布，门内是一列通铺，铺上几片烂草席，一条竹片编的长笼子作靠枕，烟具也是粗劣的竹管和陶葫芦。这些大小烟馆现在都由陈奎把它们统管起来，规定每盏烟灯每月缴银一两，全城二十多家烟馆有近百盏烟灯，一个月收入就是百来两。

刘德海和刘德成弟兄却把眼盯住官盐店赌场。

官盐店的场合近些年更兴旺了。它晚上开红宝，白天丢骰子和推牌九。到这儿来赌钱的，有身上有几个钱就手痒心慌，没了钱反而太平无事的掌柜、师哥；有吃喝嫖赌门门来，善于挥霍家财的绅粮子弟；有干屁股"滚龙"；有烟帮客伙；也有腰上插着刀子或手枪的"二哥""三哥"。赌场是礼字舵把子任大爷开的。他自己不参加赌钱，只是抽头，十中抽一。一场赌下来，动不动成百上千，他输赢有份，直如一股银水往腰包里流。不过，场上赌客们不服输，逞豪耍霸，扯筋打架的事是经常有的。任大爷本身没有多少实力，把这五马六道的场合吃不干。他请陈奎给赌场作守护神，每月给他净提二成干股子，陈奎便向他拍胸口，保证给他"扎起"。

## 二一 烟与赌之争

刘德海弟兄在这儿又碰上了陈奎,但他们决心不退让。

海娃扔掉已快要烧着嘴唇的香烟头,兴冲冲地跨进官盐店赌场的大门。

厅上推牌九的人不多,天井里六张骰碗桌子都围满了人。赌客们呼幺喝六的喊声一桌盖过一桌。他走到一张人圈子较稀的桌边,见一个歪戴瓜儿皮帽,狭脸尖下巴,颏上有几十茎稀疏的黄胡子的"袍皮闹"在当庄。

海娃凑上去,在桌上放下一枚当十铜圆。跟着又上来几个五大三粗、横眉吊眼的汉子,有的在敞开的领口上现出灰色军装。在这个场合上,清乡军的弟兄伙也是常客,人们并不在意。一个汉子大模大样地摆上一枚川版银圆,可内行一看就知道那是假的;另一个摆的却是一粒五子枪的子弹。庄家打注时,跳过他俩,没有打他们的注。

他刚把骰子掷到碗里,押银圆的汉子就一手把碗口封住,冲他问:

"为啥不打老子的注?"

"嘿嘿,弟兄伙,莫涮坛子!"

"锤子才跟你涮坛子!妈哟,老子这不是钱?"

"咦,要开花么?"

"老子就×你先人板板!"

他一巴掌扇在庄家的脸上,同时,另一个汉子猛力一掀,把桌子掀翻在地,骰碗打碎了,铜钱滚了一地。这哗啦一声响无异于号炮，立刻从天井到大厅上一片喊打之声，只见拳头挥动，板凳翻飞，整个赌场乱成一片。

赌场老板任大爷在混乱中奋力爬上供桌，挥动双臂，声嘶力竭地吼道："弟兄伙！弟兄伙！要听上复，莫乱来啊……这场合是陈连长陈奎陈三哥开的，哪个要耍豪耍霸，谨防……"

"你给老子洋花椒麻外行！"

"老子们认不得！"

一条板凳从后面横扫过来打在任大爷的腿上，他翻身从桌上栽下地来了。

"打死人啰……救命啰……"任在雨点般的拳头围击下，顾不得袍哥大爷的面子，开口喊黄了。

海娃对这意外的事变，先是怔怔地，莫名其妙，继而悟到这是有意生事，捣乱赌场，便很不平，现在听到任大爷呼救的叫喊，一股热气从心底冲上脑门。他把袖管一揎，向人丛冲去，排开围击者，拼死护住倒在地上蜷作一团的赌场老板。

刘德海弟兄带领一排兄弟伙赶来"维持秩序"。肇事者已不知去向，只抓住些没来得及逃走的赌徒和看热闹的闲人。任大爷卧在地上，一身灰土，面目浮肿，一迭连声地呻吟。海娃也带了伤，头上有个青包，肩背也很疼痛。他也被当作"肇事者"抓起来了。

陈奎得到消息，带着他的特务队手枪兵赶来时，刘德海已占领官盐店，并在东到大东门，西到十字口布置了防线，不准他通过。

陈奎猛吃一碰，有些软了。他强忍下一口气，向敞开领口、倒提手枪、当街站立的刘德海赔笑喊道："嗨，刘大哥，都是自己人,有话好说嘛,咋就不认黄了啊?"

刘德海把手枪一扬:"我倒认黄,我这家伙不认黄!"

"你也不要欺人太甚了!"

"欺你就欺你,你把老子的球咬了!"

陈奎的血冲到脸上。在众目睽睽之下,他下不了台,只得也拔手枪,向部下大叫:

"散开!卧倒!"

陈奎与刘德海像两只作势欲斗的鸡,但到底没有打起来。

李尊三赶来把他们制止住了。他又是威胁,又是劝解,好说歹说,终于把事情搁平:陈奎抽收"红灯捐",刘德海兄弟占了赌场,都是生米已煮成熟饭的事实,那就各人抱着自己的娃娃,莫再争长论短了。任大爷挨打只怪自己倒霉;海娃被抓,却是误会,看在李幺老师名下,立刻把他释放了。事后,为了给大家敷面子、讲和气,李尊三在司令部办了丰盛的海参席,请来城中绅商袍学各界的头面人物作陪。席间,人们开怀畅饮,互相敬酒,高声划拳。刘德海弟兄和陈奎都喝得大醉。看来他们真的已"话明气散"了。

这年冬天的一个早上,刘德海应陈奎之约去较场坝跑马。他一起床便到十字口茶馆去洗脸、喝茶。这是他多年跑滩养成的习惯,要不然就会整天都觉得不自在。他一到茶馆门口,茶馆里几个陈奎的弟兄伙都站起身来打招呼,争着要开茶钱。一个小伙子用铜盆捧来一盆热气腾腾的洗脸水,放在他身边的长凳上。刘德海也不客套,大模大样地把毛巾绞干,仰起头,将毛巾覆在脸上。那个小伙子突然从腰间拔出手枪,对着他的背心一枪。刘德海吼一声,踢翻了板凳和洗脸盆。他伸手要去腰间拔枪,但又连中了两枪,歪歪地仆倒了。

十字口茶馆的枪声一响,在小东门后街刘德成家里,就有人急促地敲他的房门。

"刘二哥!"外面的人喊,"刘大哥在茶馆出事了!叫你快些去"!

"锤子事!你给老子惊风忽闪的!"

"真的,要了枪了!"

他一骨碌翻身起来,胡乱穿上衣服,顺手抓起手枪。他把房门打开,门外是谁还没看清楚,两支手枪管子同时对他开放。他身中几弹,立刻倒地气绝了。

几乎与此同时,谋杀者赶去刘德海家,把他的年仅三岁的儿子抓来在门槛上摔死了。理由是:"斩草要除根,免得萌芽再发生。"

刘德海弟兄倒了,不久后李尊三也死了。陈奎自任"统带",成为马边的统治者。可他的威风也没抖多长。就在这年年底,踌躇满志的陈奎去舟坝洋溪讨老婆,就被舟坝的舵把子土匪头邱玉章谋杀了。

这个时期,马边城里风声鹤唳,杀机四伏。常常半夜里几响枪声,第二天,城墙上、河坝里便有死尸。人们恐吓夜里不听话哭闹的小孩说:

"哭嘛!陈奎来了!"

## 二二　小巷里的顽童

春天,新茶一上市,张家院子的天井里又摆开择茶的簸箕了。

一天下午,我正在择茶叶,刘二婶站在她家堂屋门口向我喊道:"李佩璜!"

"哎!"

"快来看啊,这儿有两条蛇打架!"

我站起来就向她家跑去。择茶的小孩和一些好管闲事、爱看热闹的人也跟着来了。后院有个小天井,靠砖墙处堆着些石头、砖块,长满乱草,还有一棵矮矮的桑树。在那树上,有两条四尺多长,茶杯口粗的菜花蛇像麻花绞似的纠缠在一起,小孩们一阵吆喝,有的拾起瓦片掷去。那两条蛇松开,钻进草里不见了。

我们小孩都觉得好玩,很高兴,但是一些婆婆婶子却皱眉头,扁嘴巴,而且悄悄地议论着。

一会,母亲在外面厢房唤我。我回去,见她一脸惊恐不安的神色。

"刘二婶叫你去看蛇吗?"

"是的。"

"你为啥要应声？"她的声音带着战栗，几乎要哭了。

我大张着嘴，傻了，不知如何回答。

她的惊恐是自然的。原来人们相信人看见两条蛇相缠在一起，是要倒霉的，不丢命也得害一场大病，可要是他马上喊另一个人的姓名，而那个人又应声了，那么他便取得替代，自己可以平安无事了。我想到自己上了当，要成刘二婶的替死鬼，也觉得害怕起来。幸好邻居曾婆婆向我们传授了一个解禳的办法：把我的裤带解下，拴在那株桑树上面，那么我自己也就找到替身了。

我这样做了。我妈还亲自到观音阁去烧了香，向观音菩萨许了愿。这以后我虽是平安无事，活得很好，但我妈一直在怄气。她以为刘二婶心肠太坏，在院子里择茶的人大大小小十多个，她不叫别人，单单叫我李二娃，这不是因为我们是孤儿寡母，"量定了你斑鸠没有四两肉"，把我们欺侮定了么！她不准我再去择茶了。她说宁肯不要那几个钱，这人穷，志可不能短！

现在，我没有什么事可做了，我也没有可读的书。长日无事，我便伙着巷子里一些小孩胡混。春天里，下乡采摘野生的枇杷、刺莓，也偷人家屋后的桃子、李子；夏天是去小溪里洗澡、摸鱼；入秋以后，天气渐渐凉了，便在巷子里滚钱。我们把一块比较平的石片安放成四五十度的倾斜面，用一枚小钱高高地抢着掼下，钱便溜溜地向前滚去。钱滚得远的，打滚得近的。打中了，便算赢了，输家得付给一定的赌注。开始时，是用从寺庙里或自家神龛卜抽来的香签棍，以后就赌沙胡豆。要是自己家里有沙胡豆的话，自然是很方便的；没有，就扭住我妈要钱去买，要

## 二二 小巷里的顽童

是不给,我就偷。我已完全学会巷子里一般顽童的本领了。

一天,我和几个巷子里的小伙伴在张家院子朝门口滚钱。一个姓朱的娃娃,大家都叫他"瘟猪子"的,打我的钱明明没有打中,硬说打中了,要我赔他一粒沙胡豆。我不给,他便把我的滚钱抢去。

我扭住他。两人就在巷子里打起来。其他的孩子们都围着吆喝,看热闹。

一个身材高瘦,面目清癯,蓄有两撇仁丹胡子,穿元青苏缎马褂的绅士模样的人走来喝止住我们。他直盯盯地把我看了一会,就问:

"你是李二娃——连璧么?怎么在这儿打架?"

我埋着头,不作声。我已认出来,这是我父亲的老朋友冯斗山世伯。

"你怎么不上学,却在街上胡闹,还赌钱,打架?"

我仍然不说话。我不敢看他,却感到他灼灼的目光直逼视着我。我心里发慌,腿有些抖,直往后退。

"你咋不开腔?"他向我再逼进一步追问,"你还在你幺爸那儿没有?你的妈呢?她现在在哪儿"?

我猛一翻身,向巷子一端飞跑了。

"嘿,你跑⋯⋯"我听见他在后面跺脚。

我跑到东门城墙上去浪了好一阵才回家。我装着没事,对我妈啥也没说。可没有料到第二天他竟找上门来了!

冯斗山世伯和我父亲在清末最后一科同时成为秀才,是同年，科举废后，两人一同到叙府读速成师范，是同学。毕业回来后，又一同创办了马边高等小学堂，他做监学，我父亲做教员，又是同事。两人的交谊是很深的。父亲去世后，他去日本留学，现在做了县视学了。

母亲一见到他，自然想到死去的父亲，同时也勾起了她这些年来的辛酸的经历，泣不成声。她断断续续地向他倾诉了她的冤屈。他端坐在一张方凳上，眉头蹙得紧紧地，眉间喷起一个肉疙瘩。

母亲哭诉完了后，他仍低着头默不作声，只是右手的食指和中指轮番地在腿上轻轻敲着，仿佛他在斟酌什么。过了一会，他舒开手掌，在腿上一拍说：

"从前，我只听说你们家里发生了纠纷，但是不明真相。现在听你一说，我都明白了……唉，李镜萱啊，你也是名教中人，怎么好意思做出这种伤天害理的事！只是现在世道很乱，他也正在得势的时候，你是斗不赢他的。我说，二嫂，这官司你不用打了。建屏在阴间有知，也不愿你去抛头露面的。大路不平旁人铲，将来有机会，会有人给你打抱不平的。现在你做针线活路还过得起走，那就这样赖着下去吧。只是这二娃……"他一回头，那严峻的灼灼的目光又向我投来。我像犯了过失，等待挨打的小猫，耷着耳朵，身躯也缩紧了。"怎么没有上学读书？"

母亲叹着气回答："我们吃饭都逗逗挪挪的，哪还有钱上学啊！"

"这也不用什么钱吧？"

"以前在禹王宫上学，一年要十二吊学钱的。"

"哦,我说的是上高等小学堂。官学不比私学,是不缴学钱的。就是书籍笔墨纸张要花一点钱,这个我给他准备好了。"

我妈没有回答。她也许是不愿轻易接受人家的施舍吧,但冯世伯以为是她不愿要我读书。他挺挺微伛的身躯,严肃地说:

"二嫂,这娃娃定是要读书的!你家也是书香之家,不读书干啥呢?建屏一生从事于教育,积劳成疾,早年去世,留下个娃娃,不应该是不成材的东西!你看,这么十来岁就伙着些野孩子在巷子里滚钱、打架,将来再大些呢?不成了地痞、河二流?不要耍刀耍炮?这些利害,你想过么?古时候,孟母三迁;子不学,断机杼。母是贤母,子也成了大贤。这些古训,二嫂你要好好想想啊……"

母亲又在抹眼泪了。她这不是受了责备的委屈伤心之泪,而是感激之泪。在这边荒的山国里,在一个对孤儿寡母谁都可以欺凌的社会中,竟有这么一位古道热肠的人对她给予同情和鼓励,她怎么不感激涕零呢?

## 二三　上小学

冯斗山先生把我带到小学堂，对监学张先生说：

"这是李建屏的小娃儿。这两年没有读书，耍恍了，以后要好好管束管束他。"

张监学眯着近视眼仔细把我打量一通说："他哥哥李佩珩在这儿读九班，又瘟又恍，读不起走，年年背榜。"

"唉，他爹死早了，家庭又多难，耽误了娃娃。我们尽其人事吧！"

"是！是！"张监学肃然，"我一定尽心尽力，以不负李先生对我的教育之恩"。

原来这张监学是我父亲早年的学生。

他知道我已读完《四书》和一些杂书，便决定让我上第九班。学校有四个班，九班是三年级，在上头有四年级的第八班，下头有一、二年级的第十班和十一班。第九班只有十三个学生。我哥哥李佩珩和周荣都在这个班。

监学张先生对学生极其严厉。他的眼睛高度近视，却没戴眼镜，看人总是把眼睛眯呀眯的。学生背后都叫他张眯眯眼。可他的听觉却极其灵敏，他坐在厅上的办公室里，能听出厅下院子里四个班讲堂内学生活动的情况，能分辨得出谁在领头捣乱，准确地把他叫出来，学生们都怕他，又叫他"张猫儿"，简称"猫儿"。

我觉得他的眯呀眯的眼随时都在搜寻我。可我没有什么使他不满的。

我们的课程有七八门。其中"国文"选讲《古文观止》和《东莱博议》上的文章，这很好对付。可历史、地理、算术和英文完全是陌生的。

我学得最吃力的是英语。我一个字母也认不得，看来好像天书。还有算术，班上已在讲四则运算了，我却连小数、分数、通分、约分也弄不清楚。我只有咬住牙关，硬挺上去。我这时的思想挺简单，并无大志，没有想到要通过学习获得什么美妙的前程。只有两种力量在推动我：一是两年来的精神饥荒，使我对知识的渴求，恰像大旱的禾苗需要雨水的灌溉；二是我觉得有几双眼睛在热切地看着我，我不能使他们失望。

只有体操，使我最反感。

教体操的黄先生在军队上当过排长、差遣，最讲究尚武精神。他完全按照部队上的办法来教学生。一上操场就是列队，立正，向右看齐，向前看，稍息，立正，报数；而后向右转，正步走，跑步走；而后由他带头，大声地数着"一、二、三、四……"堂堂如此。他又极其严格，要求每一个动作都必须完全符合《步兵操典》的要求。单是一个立正，看齐，就要重复几次甚至十几次，直到他从排头看到排尾，每人的头、胸、脚尖全在一条线上才罢。

为了整齐而有尚武精神，他规定上操时必须穿"八大一块"的白操衣，至低限度也得是白汗褂。我只有土蓝布衫，不长不短，只及膝盖，好像女人家的二马裾；衣袖呢，也太短，连手腕也露出一截在外面。我这般穿着站在行列中，真像白鹭群里一只脱了毛的光屁股小鸡，大大败坏了整个队伍的形象。黄先生很不高兴，责令我一定要穿操衣。我回家逼我妈。她想了个办法：用一条鸡肠带系在腰间，把衣服的前后摆提起来卡在带子上。这有些像下田的农夫，当然也不行的。于是，下操时，黄先生就叫我站出列来，单独在操场角下操，随着他的口令和大队的行动，一个人在旁边依式动作。同学们边下操，边侧过头来觑我。操场边是一条叫箭道子的小巷，在巷里来往的人们都要停立看看，还笑着指点："看啦，那个下特别洋操的！"

下一回再下操，我便躲到茅厕里去，在臭气熏熏的坑边看坑里的蛆虫翻拱，混过一点钟。

下课了。黄先生把我叫去盘问："你怎么不上体操？"

"我肚子痛。"

"怎么不请假？"

"我屙稀，来不赢了。"

张监学说："上午你还是好好的，下午上体操课前也上了唱歌，咋不见你肚子痛，跑茅房？"

黄先生拍着桌子："你这明明是故意装病，破坏校规！"

我不作声了，扭过头去，看着窗外的芭蕉，尽力忍住不知从哪儿涌到眼里来的泪水。

## 二三 上小学

"哼,看你这副样子,桀骜不驯,目无师长。非打不可!"

他从壁上取下篾片。

我横了心,把手掌伸出去。

冯斗山先生不知什么时候进屋来了。他只在一旁悄然看着,这时才插话说:

"你真的肚子痛吗?你说,要诚实!"

我怕看他的炯炯目光。正像那天在巷子里盯住我一样,是严厉的,但也包含着什么东西。我的眼泪扑簌地掉下来了。

冯斗山先生每个星期都要来给学生做一次精神讲话。他这天讲的是他在日本留学时的一个故事。一次,他乘东洋车,在付钱给车夫时,不意掉了一个角子在地上。他已经走了。后面一个小学生把钱拾起,追上来说:"先生,你的钱掉了!"

他说:"我掉了钱,没有发觉;这个小学生捡了钱,也没有谁看见。他是可以把钱装入自己的衣袋里的,他却自动把钱还给了我。这是诚实。诚实就是不欺人,不欺己,心口如一,表里如一。这是做人很重要的品德。从这一件小事,我看到日本国民教育的成功。日本这个区区岛国,明治维新后,仅仅四五十年光景,一战胜中国,再战胜俄国,现在成为世界列强之一。而我们这个具有五千年文明的中国哩,现在却是东亚病夫,列强环伺,虎视眈眈,豆剖瓜分之祸,迫在眉睫。诸生求学,欲有志于救国么?除发奋读书之外,最重要的是要淬砺德行,而首先应从诚实不欺开始……"

冯先生讲话没有点到我,但我仿佛觉得他是直指着我的鼻尖在说。

## 二四　走出马边

1924年上期，我在马边小学毕业了。毕业后，干什么呢？我不知道，也没大去想，懵懵然。

在这之前的寒假中，第八班和更早的第七班一些毕业后到成都、嘉定升学的同学回来了。这些人和他们外出前有了明显的不同：在穿着上，有的穿上了青咔叽学生服；有的虽则还是长衫，但质料已不是本地用蓝靛染的土布，而是细纱光滑的洋布。脚上则多脱去了家里自做的青布面、白布填笋壳底的朝元鞋，换成皮底的直贡呢或全皮的便鞋，走起路来叽咕叽咕地响，使得街上的人都为之侧目。

马边人口语中多入声，说话重浊，他们现在却别着外河腔，把入声改为平声，语调也较清婉。比如说"吃饭"，人们说"斥（chì）饭"，他们说"池（chí）饭"。这音调很异样，在家里也遭父兄的白眼。

旧年将尽，当城里闲人们按历来习俗，组织耍龙灯、狮子灯、跑旱船时，这些留学生在城隍庙的戏台上，演出文明戏了。这戏既无锣鼓丝弦，也没唱腔，光是直冲冲地站着白说，本没啥好看。它使得一城为之轰动的，是戏里有男扮女装的女学生。她——应该说是他——额上有假发做成的刘海，戴着小小的椭圆形金丝眼镜，穿着高领、短袖管的白上衣，腰系长长的黑裙子。这时的马边还没有开办女学，无论是私学还是官立的学堂，都是"纯阳观"。因此，即使是戏上扮的女学生，也是使人们大开眼界的。

在这期间，我和一些在校同学对于他们既羡慕，又崇拜。我们老是跟在他们后面，看看他们的风采。听听他们说一些在马边社会中还不曾听说过的新鲜事儿。

元宵过后，这些留学生先后外出了。我站在北门河边，看他们上了渡船，过了河，踏上外出的大路，一会就不见人影了。我极目望去，在近郊的几重冈峦之后，是一座暗青色的巉崖，像屏风似的矗立着。那是大佛岩。人们告诉我，从马边东出的大路就要经过这座岩。我朦胧地觉得岩的那边就是一个新奇的、不同于马边的世界。

我也朦胧地产生一种欲望：走出那匹岩！

但我怎能走得出去呢？

小学毕业发榜之日，劝学所的公差分别为毕业生送喜报。当送到我家时，在院子的朝门外噼噼啪啪放了火炮，接着把红纸喜报高高贴在我家门上。喜报上写着：

恭　贺

李府二老师娘令郎佩璜于马边县高等小学堂以优等毕业。

特　报

鸿　禧

火炮声引来了张家院子和街坊邻居的大娘、婶子们。大家虽认不得字，但都要把那红彤彤的喜报看上一番，又向我妈道贺。

但是，等到火炮的青烟消散，道喜的人一走，我们发现一切仍和先前一样，它并没有给我们带来什么好运气——不，似乎生活的路子更窄了。我和巷子里的顽童之间已有距离，不能加入他们中去胡闹了；而下气力，做生意，于我这个高小毕业生显然也不适宜，那么我做什么呢？

一天，周荣忽来我家。现在他在袍哥组织"叙荣乐"公口上当上了小老幺，跟着管事王五哥当跑腿。他歪戴瓜皮帽，把袖口挽成"龙抬头"，嘴上叼着纸烟，已完全是一副袍哥相了。他对门上的喜报不屑一顾，嘲笑说：

"小学毕业生，当个屁用！还不是都抄着手当相公？当今社会就是要通皮才吃得开。你耍着没事，也来吧。我给王五哥说给你当个引进。"

我光着眼看着他，不知该怎样回答。

他忽而眨眨眼，一笑说："不不不，你不行，你太木了，干不了这一行！"

九月初头，一场连续两三天的绵绵小雨后，天气转凉。门上的喜报经风吹日晒，已经发白、破烂了。那个送喜报的劝学所公差又来到我家门前。

"冯视学叫你到劝学所去。"他说。

我随他去了。一路上心里嘀咕，不知他要我去所为何事？

冯视学坐在他的办公室里，面前桌上放着一份公文。

他把我上下打量一会，问："你现在在做啥？"

"没，没有做啥。"我紧张得心突突地跳。

"你妈打算叫你做啥？"

我摆头，表示我妈也没办法。

"那么，"他指着桌上的公文，"你到泸州去考川南师范吧"！

我木头木脑地看着他。这来得太突然了，我还没有理解这是怎么一回事。

"是这样的，"他解释说，"川南师范是川南二十五县联立的，我们马边县也在内。现在学校的招生公文来了。这上面规定的考试日期是阴历八月二十五，但是邮政误了期，已经过期十多天了。不过，我们是边远县份，向来去那个学校读书的学生少。我去个公文说明，学校是会原谅的"。

"还有别的人去吗？"

"没有了。"

我垂着眼睑，怔怔地看着那张招生公文。

"没有人去，你就一人去吧。古人为了求学，不远千里，负笈从师。这儿去泸州不过七八百里，并不是天涯海角，你怕什么呢？"

我嗫嚅说："我妈没有钱。"

"啊！"他拍拍脑门，"我忘了告诉你，这是官费，连伙食也是学校供给你。只是去时要用点路费。喳，这儿我给你准备了点"。

他从身上摸出三枚银圆。

我回家向我妈一说,她就哭了。她不知道泸州在什么地方,只晓得那是很远很远的,甚至比叙府还远,而父亲要不是去叙府读了书,也许不会短命死的。这使她直觉地感到恐惧。不过,毕竟她也读过些书,是秀才娘子,知道这读书是好事,况且这是冯斗山世伯的好心栽培,她又怎好违逆呢?

可是,我们为难了:这路怎么走呢?还有,既然是出远门读书,是要带上行李,如被盖和换洗衣服的。我小小年纪怎么搬得动,带得走呢?

我妈去找张保保求助。

热心快肠的张保保慷慨地说:"二嫂,不要怕!有我,我给你们想办法!啊,正好,我隔房的侄儿张运瑜要到犍为盐号上去当师爷,我就叫他带二娃出去。到了犍为,去泸州那一段,再请他想办法……这行李么,我到北街同升栈找个老实可靠的挑脚,他挑货进来,出去是空担子,请他顺带挑一趟,这也要不了多少钱的。"

这些,母亲都一一依从了。

忽然,张保保又拍着掌,张皇地叫起来:"哎哟喂,二嫂,还有盘缠钱呢?"

我妈说:"他冯世伯给了三块钱了。"

"三块钱,路上的花销倒是够了,但是到了以后呢?剃个脑壳,买点皂角洋碱,有了瘅寒摆子,要看病吃药,哪来的钱?这人离家几百里,没亲没故,未必那时去当伸手大将军?"

## 二四　走出马边

母亲叹口气，苦着脸沉思一会儿，便从她的发髻上拔下金簪子，递给张保保说："我只剩下这点东西了。就请你帮忙拿到当铺去，看能当得多少钱吧。"

在我动身的前一天，张保保又来帮助我们收拾。她把棉被、线毯用一张油布包好，再在外面捆上一个铜洗脸盆，一双旧布鞋，另外用一只旧木箱装上换洗衣服、棉袄和一些生活上需用的小东西。最后，还在箱子上扣上一顶斗笠，说是路上既可防雨，也可遮太阳。

院中常有来往的婆婆、婶子也来表示她们的关心。特别对于在旅途上，她们凭自己的经验和听来的传说，提出了很多使人心惊胆战的警告。她们一再叮咛：在路上，认不得的人，不要和他同行；过大山时，顶好在山下等等，等人多了才伙着一起走；要是山头上老没有人下来，可能是有棒客在"截线子"，就千万不要走；遇到棒老二，要紧紧埋着头，绝对不能盯住他的脸，要不，他就会扣你一火；早上离店上路要迟些，晚间投店要早些；临睡前一定要用灯照照床下，看是不是有死尸……

而最重要的是"财不露白"。

张保保把我妈的簪子在当铺里当了十块钱，她又给我一圆，再加上冯世伯的三圆，我有十四枚银圆。这些钱放在什么地方呢？一枚银圆重七钱二，十四枚恰好十两。这么沉甸甸的东西放在衣袋里，有经验的人一眼就看得出来的。放在箱子里吧？要是箱子在夜里被人撬开，或者连箱子都被盗走了呢？人们经过反复研究，认为最好的办法是用一条串带，把银圆一枚枚地放进带里，缝牢，再把带子勒在胯下。

夜里，我们依此行事，看一看，没有什么破绽，以为这确是很安全的。

第二天早上张保保带着挑夫来了。她给我带来一双线耳草鞋，叫我穿上，到北门渡口去等张运瑜。

挑夫担上行李，跨出门了。我回头看我妈，她却坐在灶下，埋着头，仿佛在哭。我忽而不知所措了。张保保把我一推，喊道：

"走你的吧！"

太阳出来，河面的雾气散去。天空碧蓝而澄净。耸立在东面的大佛岩，衬着明亮的天，呈暗蓝色，似乎比平时更高更神秘。我还有些懵懵然。我就要从那儿出去了，这是真的吗？

张运瑜来了。他是师爷，很文弱，又有点儿烟瘾，不能走路，坐的滑竿。一同去犍为的还有他的一个堂弟张运斌，却是步行。

过了河，滑竿先走，接着是挑夫，我和张运斌跟在后面。我走得很轻快，仿佛脚跟长了翅膀，老像要飞起来。母亲凄凉的泪眼已在我眼前模糊、消失了。我觉得天空特别的蓝，树木特别的绿，太阳暖洋洋地照得人特别舒服。

可是，走得不远，我就觉得有些不对劲了。胯下那条硬邦邦的串带老是摩擦着腿股的内侧，不光妨碍走路，还开始疼痛起来。我伸手到腹部把裤带往下扯扯，这样好些了；但一会儿又把下面的皮肉磨得痛起来，于是我又把裤带往上提一些。这么紧一阵、松一阵，到后来，把两腿全部内侧都磨得生疼。当走完平坝，开始爬由马边外出的第一座大山长腰坡时，腿往上抬，痛得更加厉害,我开始落后了。

"你咋搞的?草鞋打脚吗?"张运斌住脚等待着我。

"唔。"我含糊地答。

"我给你收拾下。"他蹲下来,把我的草鞋绊索放得松些。"穿草鞋有个秘诀:'要得草鞋不打脚,除非穿上甩得脱。'你看看,这下对了吧?"

我只好说好些了,极力忍耐着。

我们爬上长腰坡的坡顶分水岭时,太阳已快当顶了。火爆爆的"秋老虎"晒得人个个汗流满面。岭上有个幺店子。抬滑竿的一放下竿子就钻进店后抽鸦片;张运瑜和张运斌在店口乘凉。我装作解便,钻入店后的包谷林里,解下串带,发现两腿内侧又红又肿,皮也磨破一片。我吐些口水在掌上胡乱搓搓,然后把串带改拴在腰间。我试着走几步,觉得轻快多了。

大佛岩就在分水岭左面。当人走到它跟前时,觉得它其实并不高峻,也不神秘。我站在分水岭的垭口上一望,只见四面都是连绵不断、重重叠叠的山峦,那个不同于马边的新世界不知在哪方。而路,从分水岭下降不过几百步,给嵯岈的岩石一挡,也不见了。

可我现在已清楚地意识到,只要我走下去,前面就会有路。

连续三天,我们都在山里上上下下,左旋右旋。我一跛一跛,走得很艰难,串带虽不再折磨人,但草鞋到底把脚后跟的皮打破了。

最后一天的下午,当日头西落,我们走到九井坳口,我觉得眼前一亮:好一片大平坝子!

我不由得惊呼:"啊呀!"

张运斌指点说:"这就是犍为县清水溪坝子。山路走完了。这以后,上走成都,下到重庆,都是平阳大坝,路就好走了。"

滑竿开始下坡了。我仍站在坳口上瞭望。天,像一口发光的银锅,扣在地上。在遥远的地平线上,映着落日的霞光,有一层紫色的雾霭。大地,仿佛就这么平平坦坦地一直伸到无尽的天边。

这当然是我的错觉。后来我才知道世界上还有更高峻的山,更崎岖难走的路……

下部

风雨泥途廿五年

## 一　川南师范

民国十三年（1924）9月中旬我到达泸州川南师范时，学校上课已是第二周了。校长念我从七八百里外的山区小县马边独自走来，破例不经考试让我入学。学校有四个班，共一百余人。最高的十四班，我入的新班是十七班。

川南师范的前身是清光绪二十七年（1901）创办的经纬学堂。第一任监督是赵熙。两年后改为川南师范学堂，1913年又改为川南联合县立师范学校。校址在水井沟，地势低下，校舍也很陈旧，只石砌的有赵熙书"川南师范学堂"六个大字的高高的门墙显得很气派。

学校是当时川南地区唯一的一所中等师范学校。学生来自川南二十五县，其中有不少是家境不大好而有向上要求的青年。但在二十年代以前，在清朝遗老和一些守旧思想很顽固的人士主持下，学校并没有什么特色。1921年先烈恽代英来校做教务主任，次年又接替王德熙做校长。他大力改革校务，提倡学生自治，经费公开；学生有择师自由；鼓励学生参加社会活动；组织读书会和马克思主义研究会等进步组织，以革命思想教育学生，这才使

## 一 川南师范

学校有了实质性的变化。次年,他虽被反动统治者赶走,但革命的火种却播下了。

我来校时,恽代英、萧楚女、刘愿安和李求实诸先烈部下已先后离校了,但他们的遗范犹存,他们教过的高年级学生还在校。学校风气开通,学生思想活跃;不死啃书本,不专注重课堂教学,而喜好阅读课外读物。他们对新知识的需求,真可说如饥似渴。我才从马边山乡走出来。在这以前,我没见过一本白话文的新著作。现在受了环境的影响,我也开始阅读起来。当时新出版物还不多,几乎没有多少选择余地。能从同学手里或学校图书馆里借到什么就读什么。记得我读的第一本期刊是《创造季刊》,第一本书是郭沫若译德国作家施托姆著的《茵梦湖》。除文学作品外,也看理论书。有一次我借来一本《赫克尔一元哲学》,简直如读天书,怎么也看不大懂,却还硬着头皮往下看。这种情况在同学中也相当普遍。那么,是哪儿来的这一股傻劲呢?这是由于当时的青年眼界已开,脑子里常有些问题,如:什么是人生真义?我们这个社会为什么会是这样?将来的出路又在哪里?等等。人们急于要找答案,饥不择食,于是看得懂的看,看不懂的也看;科学的社会主义著作的书如李达、李季翻译的《社会问题详解》《唯物史观浅说》有人看,无政府主义的《互助论》《极乐地》也有人看了。除新书外,人们也喜欢读杂志,这都是自己掏钱订的。最普遍的是《中国青年》《向导》《小说月报》和《东方杂志》等。

读了书刊,有了意见就要发表,于是学校的壁报很多。吹万楼前的敞厅里是壁报集中张贴的地方。有集体的，有个人的；有文艺性的，也有理论性的。色彩缤纷，五花八门。见解不同的壁报间常常发生笔战；笔战不足，又进而为口头辩论。声时发犀为群众性的大型辩论会，思想斗争，十分激烈。

学校里，各种会社也多。早在恽、萧、刘诸先烈在时，就成立了左翼的马克思主义研究会，这是学校的主流。另外，半封建半殖民地社会各阶层的政治派别和形形色色的社会思潮也在学校中有所反映，如无政府主义、国家主义派，此外更多的是没有什么明显政治倾向的"读书会"。这种会少则七八人，多则二三十人，多以"砥砺品行，切磋学问"为宗旨，参加者不限班级——川南师范学生有个特点，就是没有班级的界限，彼此交往，十分自然——我在入校的次年，就加入了一个叫"青年励导社"的读书会。有社员二十余人，组织领导者是十六班的王介平（他在川南师范时名王光祥）和我同班又同自习室的王先泽。参加者纯属自由结合，没有什么固定的组织形式。社员把各自的书刊拿出来，交换阅读，写出读书心得，互相交流，或者事先拟出题目，定期开会讨论。时间多在星期六下午或星期天。地点不一定在校，多去忠山、百子图或忠山半山下临沱江的山嘴上。同学们或讨论或阅读。身后忠山林木苍苍，山下沱江江水泱泱。直到暮霭已四合了，才起身回校。也有的时候，结合着短足旅行，走得更远些，如到泸州的风景胜地龙马潭。大家在亲切的交流讨论中，既享受了自然的美景，也增进了彼此间的友谊。现在一轮甲子过去了，当时的种种景象还历历在目，觉得有无穷韵味。

## 一　川南师范

1925年上海"五卅惨案"发生。川南师范学生在川南学联的领导下，开展了轰轰烈烈的反日反英斗争。这年暑假我没有回家，整个暑期就在学校和留校的同学们冒着烈日，举着白纸三角小旗，宣传讲演抵制仇货。1926年，当北伐战争节节胜利前进时，英帝国主义又在万县制造了"九五惨案"，消息传来，群情愤慨，更把斗争推向高潮。就在这年的10月间，英商亚细亚石油公司一艘轮船满载石油到达泸州。我清楚记得这是一天午后，忽然有人在操坝上高呼；

"同学们，英商亚细亚石油公司的轮船运石油到泸州来了！"

这如一把火投在一个油地上，全校学生的情绪立即炽烈地燃烧起来。这天是星期六，午后有的同学已经回家，在校的不足百人。大家在学生会负责人十四班同学曾润百①领导下，一面派人去江边监视油轮，一面去泸县中学找学联负责人商量对付办法。但在这关键时刻学联负责人何某不知到哪里去了。曾润百找校长蓝伯陵，他也不在学校。后来在校外什么地方找到了，他正在打麻将。对仇油问题，他说这是政府的事，他无能过问。曾气愤极了，抓了他们的牌，回到学校，向大众宣布："校长正在打牌，他不管。好，那我们管，我们自己负责！"同学们立即报以热烈的掌声。这时已近黄昏，曾把全校同学组织起来，每人持一条童

---

①　曾润百烈士，合江县人。1923年在川南师范由校长恽代英介绍加入中国共产党。1927年在万县被军阀杨森杀害。

军棍，整队开到河边英轮停泊地。人们立即蜂拥上船，七手八脚将船上所载石油起运到木船上。石油一共是四千桶，分装了四只木船。曾润百分配每八人看守一条船，其余的都在岸上巡逻警卫。秋夜里，江岸上寒风阵阵。同学们大都穿的单衣，冷得直打哆嗦，但没有谁抱怨。高昂的革命热情使大家兴奋不已。船上岸上"打倒列强除军阀"的歌声和口号声，此起彼伏，响彻江岸的夜空。

第二天大家决定将仇油全数焚烧。曾润百考虑到现在油轮停泊地的东门接近市区，河边停有商船很多。为了安全起见，命将船撑到上游距城较远的空阔无房舍的澄溪口，然后起运上岸，堆积在河坝上，下令焚烧。同学们用长长的篙竿捅那些还未着火的油桶。一个个真如横戈猛士，手起竿落，煤油喷到哪里，火就烧到哪里。滚滚的黑烟，熊熊的烈火，煤油桶的爆炸声和人们的欢呼声交织在一起，直使澄溪口风云进涌，天地变色。

胆小怕事的校长蓝伯陵躲藏起来了。曾润百当机立断，宣布放假，让同学们各自回家去。等到住在重庆的四川军阀善后督办刘湘电令川南道尹公署查办时，同学们都已不在校了。

上午，突然爆发起一阵密密的枪声，仿佛来自小市方向，随即城后的忠山和街上也传出时稀时密的枪声，紧接着发生了"泸州起义"。全校都不知发生了什么事，赶快关上校门。课自然也没法上了。同学们三三五五地议论着，猜测着。待到接近中午，外面有人来，才知道发生事变，泸州驻军起义了。

## 一 川南师范

事情是这样的：在第一次国共合作期间，为了配合北伐军事，中共中央派遣刘伯承同志回四川搞军运。在重庆，他和杨闇公同志等组成军委，杨任书记，他任总指挥，决定于1926年冬季，策动顺庆和泸州两地驻军同时起义。这就是四川现代革命史上著名的"顺泸起义"。泸州驻军是四川军阀赖心辉部的李章甫、袁品文和陈兰亭三个旅。袁和陈接受了起义任务。李章甫外号李毛牛，驻防城内，是赖的心腹。平时很跋扈，独揽泸州的财政收入，和袁、陈之间的矛盾很深。12月1日，袁以所部军事训练班学生毕业为由，请李去他部所在地的蓝田坝参加典礼。李一去就被袁扣捕杀掉。陈、袁随即挥师入城，经过短暂的交火，全部解决了李部。下一天，袁、陈发出通电，宣布起义并就任国民革命军川军第四、五路司令之职（稍后又委任袁部团长皮光泽为第六路司令）。

刘伯承大约是这个月的月底来泸州的。随他同来的还有一些政工人员。他一来就于三部设立政治部，创办军事学校，以加强部队的政治和军事工作，废除军阀时期的苛捐杂税，减轻人民负担，同时大力加强民众的组训工作。我记得，他来泸州不久后，就到川南师范来讲演。听讲的除川南师范学生外，还有其他学校的，吹万楼下的大礼堂挤满了人。他当时讲话的内容我全记不得了，只是他那高高的身材和戴着一副眼镜的严峻的脸，还清清楚楚地回忆得起来。

泸州起义和刘伯承到泸州，引起四川军阀的不安。不久后，重庆"三·三一"惨案发生。泸州在小较场举行了万人参加的各界民众声援大会，通电声讨刘湘、王陵基血腥屠杀人民的罪行。四川军阀们再也不能忍耐了，便紧锣密鼓地策划对泸州的进攻，而在起义军方面，在刘伯承的领导下，也积极地准备迎击反革命派的反扑。这时川南师范已停课了，不少学生都参加了政治部的宣传和民众组训工作。

4月初，为了发动全县民众支援起义军，政治部组织了十个宣传队分赴泸州十大乡宣传。我也参加了其中的一队，领队的是政治部的人，队员都是川南师范十六、十七班同学，其中有王介平和王先泽。队上带着青天白日满地红的国旗和总理遗像等。我们宣传的范围是泸州北面的嘉明、瓦子、牛滩等场镇。我们每到一个场，先是在街上做群众宣传，以讲演为主。晚上便由政治部来人召集场上各界代表开会，成立国民党区分部。参加的人大都是士绅和乡保人员，一般说来，只要本人愿意，又没有多大劣迹的都可以，手续也很简单，只是对着总理遗像宣个誓就完了。

然而，一乡未完，当我们刚走到牛滩时，四川反动军阀刘湘、刘文辉、赖心辉和川南著名团阀萧镇南等部所组成的几万反革命联军就向泸州扑过来了。泸州四面被围，我们回不去，和总部失去联系，也不能再继续进行工作了。宣传队自行解散，有去路的都走了，最后只剩下介平、先泽和我三人。先泽家在城内，我家远在八百里外的马边，都同是有家归不得。介平呢，他家在泸州北面靠近隆昌县的雨坛寺，距此不过半天路程，他本来可以回去的，但三人中他的年龄比我们大，班级比我们高，是个老大哥。在这危难的时刻，他不能只顾自己丢掉我们，便主动留下来陪着我们。我们三个人在泸州西北和江安东南一带的川南师范同学家这儿住上三五天，那儿住上七八天。最后，江安马岭的十七班同学方朝生有个亲戚在大渡口小学做校长，便介绍我们到那儿去。这虽是比在人家作客好些，但是学校很穷，我们都是些一文钱也没有的食客，住得久了，便成为学校的负担。这是5月初头，胡豆成熟。学校每日两餐，顿顿是胡豆。先泽吃得厌了，就说怪话："早上胡豆，晚上胡豆。吃了胡豆，打屁喷臭！"

大渡口东距泸州只约三十公里，在长江边上，是个水码头。我们常在傍晚时坐在江岸上纳凉。西斜的落日余晖照在江面上呈现一派金红色。东面在水天尽处的云间，时时传来隐隐的闷雷般的声响，据说那是赖心辉的大炮在对泸州轰击——这个军阀的诨名就叫"赖大炮"，是以使用大炮见长的。反动联军围攻泸州已快一月，这孤城的命运如何，还不知道，联系到我自己，更觉得前途茫茫，不知如何是好。我问介平今后怎么办？他说等战打完了，能回学校，仍然回学校；不能回学校，那时再说。

泸州由于孤军无援，起义部队中的陈兰亭和皮光泽又不稳，到5月中旬，刘伯承只得出走。泸州解围，廿四军冷寅东部入城，宣布川南师范停办。我们最后一线希望终于破灭了。怎么办呢？这时先泽提议去成都。介平没有表态，但他却竭力主张我和先泽一起去成都转学或升学。我感到很为难。回家？川南师范是五年制，我才读不到三年，就这么半途而废，心有所不甘；去成都升学或转学么？我哪有这条件？1924年我来泸州，是母亲卖了她唯一的一条两钱多重的金簪子，又得了冯斗山世伯的资助，凑了十四块银圆，充我的路费。川师是公费，吃饭不要钱，但日常零用还得靠马边县劝学所给的一年五元钱的"贷费"呢！我正在左右为难的时候，凑巧遇见一个姓陈的同乡。这人在廿四军的冷寅东部当营长，他们刚打下泸州，很有钱。他问我可要打兑些钱用？这种打兑的办法是：这边给多少，我家付给他家多少，不要汇费，于彼此都有好处的。我想：好吧，反正回马边也需要路费的。他一出手就给我廿四元。我的胆壮了：对，去成都！

## 二　由考师大到"二·一六"惨案

1927年6月初,我和介平、先泽由泸州起程上成都。

介平家很穷,人口多,全靠他父亲做点小买卖维持家用。他原没打算去的,临到我们动身前,他从亲戚处借得两枚银圆,才同我们一起上路了。

我和介平都是步行。每人只有一套换洗衣裤,用一张布包单裹成包袱,外面再拴上一双布鞋,挎在肩上,走起来很轻便。沿路上有卖薄底草鞋的,当二百铜圆一枚一双,穿上也轻便起脚。我们一天大致走一百二十里。开头走得脚掌红肿磨起水泡。晚上歇店,用滚热的水烫烫,又向老板娘借一枚带线的针,把针在菜油灯上蘸点油,穿过水泡放去水。晚上呼呼睡一觉,下一天就没事了。

先泽父亲是泸州城内小有名气的士绅,家里也比较殷实,不如我和介平打得粗,加上他又带了被盖、衣箱,所以他便坐滑竿了,那时由成都至重庆的东大路主要交通工具是滑竿。抬竿子的大都是沿路的农民,抽空出来挣点钱补贴家用。他们一般都不出远门,只在距家几十里范围来去。另外有一种专以抬滑竿为生的，今天这县，明天那县，流动无定，叫作"流差"。"流差"无一个不抽大烟，鸠形鹄面，骨瘦如柴，和乞丐没有多大的区别。他们不抽烟就抬不动，抽了烟，一程也不过二十里，就得再抽。要不的话，就会打呵欠，流鼻涕，软瘫不起，仿佛要没命了。这样，先泽坐滑竿并不如我们走得快。我们就这么从泸州到成都，一步一步地丈量地球，一共走了七天。

到成都后，介平和先泽打算考成大，住到南较场成大去了。我住在皇城内成都师大。这里川南二十五属的同乡和川南师范的同学都很多。我没有被盖，就和高师国文部的艾宇眉搭铺。他原也是川南师范十七班的同学，是于去年夏间来成都考入高师的。

之后，我便积极复习功课，准备升学考试了。但是报名应考要文凭。我在川南师范只读了三年，还差两年毕业；学校停办，也没有发修业证明书。怎么办呢？好在这时候川师同学来成都的多了，大家一商量，便决定做假证明书，冒充川南师范往届毕业却又没有升学同学的姓名去报考。这其实并不是我们的创举，因为在这之前早有先例，而且也不算什么违法，因为这几乎是半公开的，学校也并不认真查究。油印机是通过老同学向学校借的，印章呢，我们是蒙着它描下来，贴在比较干的肥皂上。这样刻起来不费事，而且居然很像样。

考什么专业呢？考预科再读本科，我觉得时间太长，怕无此能力读下去。我兑了陈营长的钱，要家里照付。母亲回信来，短短半页纸，她没有骂我，只诉说家里的困难。从字里行间，我仿佛看见她泪眼婆婆的凄苦的面影。我不忍心太为难她。那么考艺

## 二　由考师大到"二·一六"惨案

术系吧？这只要三年，我在小学时曾描绘过《绣像三国演义》的人物像，读川南师范时也临过《芥子园画谱》，对绘画是有兴趣的。于是我报考师大艺术系，而且一考就考上了。

然而，到开学后，我才知道我犯了个大错误！

艺术系的学生和其他科系的相比，有个明显的不同。且不说女的，男的大都衣冠楚楚，相貌堂堂。垂到足背的毛哔叽长衫，伸抖得没有一丝褶皱，足上元青毛直贡呢鞋仿佛永远是新的，拖到颈后的长发也极光亮，看起来又潇洒又风流，艺术家的风度十足。而我呢，时间已是秋天了，我还穿着洗得发白的灰布旧单衫，即人们说的肺病衫儿，短翘翘的才及足肚，而青布鞋后跟破裂，前面已开始穿孔，足趾也快出来了。我置身于他们中，仿佛是天鹅群里的一只丑小鸭。

上课了。国画要丹青，要大小不同的几支笔，要消耗大量的纸，我没钱置办；西画开始只画石膏人头素描，只要炭精条和厚纸，倒简单些，我忍痛买了。但对着那没有眼珠的冷漠的石膏人头，我肚子里正饥肠辘辘，我怎么画得下去啊！

我从泸州带来的二十四块钱，用了四五个月，已快费完了。我不敢向家里要，就尽可能节省。我不能再在伙食团搭伙了。当时师大伙食团有两种，一种是高贵的，每周一元，天天有鸡有肉。搭伙的大多是家庭富裕子弟和体育系学生；另一种是一般的，每周只打两次牙祭，平时多为小荤。伙食费每周七角。我算了算：银圆一枚，换当二百小铜圆二百多枚。搭中等伙食，一天一角，该铜圆二十多枚。我不搭伙食，在皇城坝三桥南街小饭铺吃豆花饭，一顿一碗饭一碗豆花，约五百五十文，一天两顿不过铜圆五六枚，要节省约近一半。但是愈朝后走，便连这个生活水平也难以维持了，于是改吃锅魁，即白面大饼。这东西一枚铜圆一个，一餐吃两个，然后喝下大量的开水，让肚子觉得充实些。

终于有一天，当我把最后一个铜圆用去之后，就只有抱着肚子饿了。我自来就迂拙，缺乏营谋自己生活的能力，而且，也很怪，愈是穷愈不愿意开口向人借钱。我只是躺在床上闷睡。也真是"天无绝人之路"，原川南师范博物教师朱晓沧先生那天有事来师大，顺便看看川南师范同学。他见到我，诧异地问："你是咋的，病了么？"我摇摇头。"有什么事？"我不吭声。"哦，你有钱吗？"我埋着头，仍不吭声，可心里不断翻腾，眼泪涌进眼眶，快要撑不住了。他看出我的实情了，便笑笑，从怀里掏出三枚银圆递给我。我没有接，他又笑笑说："唉，看你这人，太迂了！"便把钱放在枕边。他走了后，我才用被子蒙住头，哭了好一阵。

这以后，他大约从艾宇眉处知道我的情况，便向师大教务处介绍我给学校写石印讲义。用毛笔写蝇头小楷，每张约一千五百字，得报酬五分。努力一些，一天可以写两张，有一角钱。这样肚子问题算是解决了。我拼命节约，到冬天，我从昭忠祠街的旧衣摊上花了一元七角钱，买了条旧棉被。这样，我有自己的铺了。只是我还没有棉衣，我把所有的单衣裤都穿上，仍然不能御寒。成都的冬天真冷呀，尤其是有白头霜的早上。霜重的时候屋瓦皆白，好像下了一层薄薄的雪。我冻得手指麻木，脚踵生疮。

## 二 由考师大到"二·一六"惨案

我缩缩瑟瑟地坐在教室里，怎么也忍不住要抖颤。一下课，我便急忙跑出教室，到院坝里踢毽子。二十年代早期，学校最流行的运动是踢毽子。这是顶方便、顶经济、顶大众化的运动。它只需一小方白纸剪成纸须，装在一枚铜钱的方孔上就成了。它可以一人用脚尖踢，也可以七八人或十多人分站两边，中间画一条线，一方把毽子踢过来，另一方接着后再踢过去，以此比赛输赢。在师大，踢这玩意儿的少，我便独自一个儿踢。目的在于跳。跳热了，坐在教室里，就好受些了。

但是我也没有认真作画。

1927年成都的冬天是个最不安定的冬天。

"三·三一"惨案后，白色恐怖笼罩全川。在成都，国民党加强了反动统治，而在另一方面，党的地下领导也针锋相对地和国民党反动派展开斗争。成大、师大和省成师等校成立了一些学生进步组织。师大的是由茍永芳、张博诗领导的导社。我于这年冬加入导社，而且很快地就被卷进了一场又一场的社会大风浪中。诚然，就我当时的年龄、能耐和觉悟程度来说，只不过是一个浮沤，跟在潮头后面跑罢了。

首先爆发的是"教经独立运动"。四川省的教育经费向由肉税收入中划拨开支。但是军阀防区制形成若干个独立半独立的小王国，肉税收入被军阀截留或层层克扣，致使教育经费无着，学校教师薪金不能按时发付。师大从9月开学到11月，只发了一个月的九成。教师们愁于生活，无心教书，有的干脆不来校上课。于是成大、师大和公立几个专门学校的教师发起索薪运动，宣称如不达目的，即行罢教。各校学生以进步组织和其领导人为核心，支援教师，成立了成都各校学生联合会。师大导社的领导人苟永芳、张博诗也是学联的骨干人物。

我参加导社后，常和何玺（家杰）、文星哲在一起。他们都是泸州人，虽不是川南师范同学，但是川南二十五属的大同乡。在11月28日各校宣布罢课后，我们在何玺的带领下上街贴标语，发传单，揭发军阀们吞没教经的罪行，要求各界支援学校争取教育经费的独立运动。12月5日，在"教育经费独立会议"上，由于军阀们对学生的要求敷衍搪塞，没有实际结果，学联代表成大学生李正恩等转而质问教育厅长万克明，并把他由学道街拉到中山公园跪地示众。这次斗争万克明的主要是学联代表和工专及省成师学生，我们师大没有参加。

第二件事是反劣币运动。在清朝末年开办的四川造币厂，一向以铸造一元银圆为主，称为川版银圆。杨森于"统一之战"失败逃到万县后，成都由邓锡侯、刘文辉和田颂尧三个军阀统治，而造币厂独归邓锡侯。刘、田眼红便也自行设厂铸造。他们铸造的大都是五角的。这种银圆含量极其不纯，杂有大量的其他金属，称为"杂版"。由于铸造这种假银圆比向人民派捐派款、贩卖鸦片还要方便来钱，因此一些中小军阀也竞相私造。"劣币逐良币"，原先一元的银圆不见了，充斥市面的是五角"杂版"。市场金融混乱，物价飞涨，老百姓叫苦连天。当时流行这样一个民谣："五角厂版破假哑，三个死人邓田刘。"这话有一半对一半不对。"五角厂版破假哑"是事实，但"三个死人邓田刘"却不对。始作俑者铸造假银圆的是他们。等到劣币为灾,人民怨声载道时,他们却装聋作哑。他们哪里是"死人"?

针对军阀的罪行,顺应人民的要求,在中共地下党的领导下,以成都学联为主联合社会各界成立了"反劣币大同盟",派出代表,向当局请愿,要求限期查封所有私设造币厂,收回假银圆。与此同时,各校学生又分头出动上街讲演宣传,贴标语。一天,大约是1928年1月中旬,师大导社同学在少城公园附近贴标语,军警赶来制止,要没收标语和毛刷、糨糊桶。何玺和他们争夺、抓扯,结果何玺和文星哲与另外两个同学被捕了。我们跑回学校报告。张博诗立即和"同盟"联系。这更激起各校反对的怒潮。过了一天,反动当局迫于形势,才把何玺等人放了。

反劣币运动不仅有学生,还有各界广大群众。其势头之猛,触及反动当局神经之重,也远远超过了"教经独立运动"。反动当局不能忍耐了。他们露出獠牙,要进行反扑了。

第三件事是打死杨廷铨。鉴于接连发生的高涨的学生运动,反动统治者决定加强对学校的控制。元月中旬,刘文辉派他的军部参议杨廷铨接任省一中校长。杨不学无术,曾任成大学生舍监,专搞对学生的监视和控制,早已臭名昭著。省一中学生以革命的学生组织石犀社为核心,拒绝他进校。他向刘文辉求援,刘即派兵送他入校。他强行接事后,立即宣布开除一些学生。这更加激起学生们的愤怒,群起质问,引起冲突。在混乱中不知怎的竟把杨击毙。学生们仓促间拿不出主意,便将尸体投入井内,一哄而散。

这是寒假期间，省一中学生在校的不多，事前曾向学联求援。当天师大导社同学去了些，我也在内。但我没进校，只和几个同学在街口担任警戒。一会儿见同学们乱纷纷地从校门口跑了出来。问是怎么了，回答说："出事了，快走快走！"

回校后，才知杨被打死了。我心里一惊，但却没想到这事的严重性和它可能发生的后果。

1928年2月26日的早上，我睡在师大枇杷院宿舍的一间房里。这是寒假期间，同室的都回家去了，房里只有我一人。

天刚麻麻亮，我还迷迷糊糊地，忽然听见室外走道上有杂沓而急促的脚步声，时时还杂以金属撞击的声响。我很诧异，但还没回过神来，门上就被猛烈地撞击着。我慌忙起身穿衣，刚下床，门已被撞开了。拥进来四个穿灰布军衣，手上提着明晃晃刺刀的兵，两人把我夹持站在屋中，两个人在床上桌上乱翻一气。之后，把我押到大操场边的教室区去。教室里已关了好些同学。门上和过道上都有持枪的兵。在通向操场的小门边，有个圆形的小水池。冬天池子已干了，只见张博诗、何玺、文星哲都在池内。芶永芳、张博诗、何玺和文星哲都是被指名逮捕的。芶当夜没有回校，逃过了魔掌。士兵们还在继续搜查。大约过了两个钟头，已是十点左右，一个军官宣布："导社的都站出来！"我、刘懋，还有个叫什么名字的同学站出去了，于是也被押进荷池内。那军官还在吆喝，但没有更多的人站出来。显然他也认不出谁是"导社"的。他吼叫一会儿，没有结果，便下令将我们带走。走出城门洞和"旁求俊义"牌坊，我们六人走在街心里，两排士兵

## 二 由考师大到"二·一六"惨案

一边一排成单行把我们夹在当中,押到督院街祈水庙"军警团联合办事处"。

这次大逮捕从成大、师大和其他学校共捕了一百多人。我们被拘押在一间约十平方米的像是一间会议室的房里。房中有张大餐桌,周围有些长条凳。先我们在屋里的有师大附中的教务主任袁诗荛和其他学校的同学,连同我们共约十六七人。袁诗荛在屋里行坐自如,谈笑风生,全不把这场大逮捕和整个军警团联合办事处的肃杀气氛放在眼里。他尖锐地讽刺说:"上个星期开会,向胡子还请我喝盖碗儿茶,怎么一下子脸一抹就不认人了呢?""何必嘛,你带个高脚信要我袁某人来,我就会来的。你装啥子疯哟!"由于他的旷达诙谐,使屋内的人都受了感染,大家紧张的心情也松弛下来。

到午间,士兵们用筲箕盛饭,搪瓷盆盛菜,连同碗筷送了进来。没人想吃饭。有的盛起饭来,扒两口,就不吃了,把饭和菜泼在桌上地上。袁诗荛说:"用不着跟饭生气嘛,粮食不是他向二娃种出来的。不想吃,放下就是了。"

我听见窗外有人在骂:"哼,不宜好!赏给点水饭不吃,还糟蹋人!"

我暗暗吃惊:端进来的只有饭没有酒呀!而"赏酒饭"是个特殊词语,是专指给临刑前的犯人吃的。我看看室内的人,大家都沉默着,没有反应,只有袁诗荛嘴角上露出些轻蔑的冷笑。这时已是午后,天色很阴沉,刮着冷风,仿佛要下雨。屋外守卫的士兵在增加,门上站了双岗,窗外也有挎着枪的士兵在巡逻了。

·旧　话·

　　大约午后二时，忽然远处有人拉长声音高呼，漫长而凄厉，但喊的什么，听不清楚。喊声由远而近，是在传呼被捕的人。我们这间屋第一个被传的是袁诗荛。两个大汉闯进屋来。袁诗荛陡地站起来，厉声说："站开！"他推开他们，昂头挺胸，自己大步走出去了。

　　最后一个被传的是文星哲。他出去一会儿，就响起了军号声，在寒冷的空气里，很凄厉。渐远渐小，消失了……突然，文星哲又被掀进门来了。他平抬着一双被绳索勒得红肿的手。脸色苍白，眼泪纵横，嘴唇轻轻哆嗦，却没有声音。他已经上绑，在最后一刻屠夫们看他太小，把他放了。

　　室外，有人在大声武气地说："嘿，一共十四个。那个蓄平头的挨了七枪才倒下去！"

　　这确实是我们没有意料到的。在这以前的"三·三一"惨案，军阀只是胡乱向群众开枪，而这次则是公然逮捕，不经审判，便悍然枪毙十四个教师和学生。这是全川也是全国没有先例的。这突然蒙头盖面而来的血污，把我震蒙了。

　　大约到午后五点钟，天气已向晚了。所有被捕的人全集中到一个院子中。院坝很小，站满了人。在院子的厅堂上是向育仁和他的一群幕僚，他身穿古铜色狐皮长袍，外套元青马褂。一张脸通红，许是由于愤怒，许是喝了酒。他向被捕的人"训话"。他讲了些什么，我全不记得了。只记得最后一句：

　　"明天，通通给我枪毙！"

　　向讲完话后，天已昏黑了。我们没有再回原屋，而是被安置在一座矮矮的敞楼上。看来这原本是祈水庙的戏台,两边还有木结构的供看戏的楼厢。戏台两面通向楼厢的口子有持枪的兵驻守监视。台上光光的,人们就在楼板上坐着。现在人们渐渐清醒过来了。面对晃动着的屠刀阴影,人们没有幻想,也没有恐惧悲伤。只是不知是谁想起明天就要上杀场了,须得给家里写封信。于是掏出钱偷偷塞给看守的士兵,请他代买来些白纸、铅笔,就趴在楼板上就台子正中顶端一盏昏黄的电灯光下写起信来。开始不过一两人,很快地传感了好些人也相仿效。有写信给父母亲大人的,也有写信给妻子或情人的。写好后,又掏钱塞给士兵,要求他们送出去交邮。我想了想,我只有个可怜的二十几岁就守寡的妈,还是不要告诉她,让她多少抱点儿希望吧。

这一夜大家都没有好好睡。在守兵的监视下,谁也不敢随便走动、交谈。快天明时,人们正在朦朦胧胧的半睡半醒中,忽然不远的什么地方咚咚地敲起鼓来。台上的人一下骚动起来,以为这是要开堂审案了,但随着又响起喤喤的钟声。这是怎么一回事呢?原来这是祈水庙的和尚在烧早香了。

整个上午却是异常的平静。

到下午,重新调整住地。我被带进天井边一间孤零零的小牢房。它两面靠墙,另两面装有小碗口粗的圆木签栏。牢房宽不过十五六平方米,却关了三十多人,密密麻麻地坐满一地。屋子后方墙角搁了一只供小便用的木桶。每过一些时就有人去撒尿。整个牢房既阴湿又臭气熏天。晚上睡觉只能人挨人,彼此紧贴着睡,别想随便翻身。

· 旧　话 ·

"二·一六"的枪声震惊了成都市，引起各界民众的极大愤慨。成大校长张澜指控军阀们擅杀无辜，宣布辞去校长职务以示抗议。成大教职员和学生也积极投入反对军阀残杀学生、蹂躏教育和挽留张澜的斗争。军阀们慑于群众的威力，嚣张气焰有所收敛，才把被关押的学生陆续释放了。

我在牢房里关了七天才被传讯。审问室里空空地，只有两个人：一个问，一个作记录。我照实说了。无须隐瞒，也没有什么可以隐瞒的。之后，又过了一天，我被释放了。

走出祈水庙军警团联合办事处的大门时，我的堂叔、当时在廿四军做下级军官的李静波来接我。他说，是他来保释我的。

## 三　危险的旅途

李静波把我带到少城宽巷子他的住处。他要我不要在成都读书了。他说："你这回好险啊！听说要不是那个姓文的学生哭着喊妈，不知还要杀几个呢。现在世道乱，读书难，还有你妈没有人手，家里也恼火。你就不要读书了，快回家去吧。"

回家？我记起我到川南师范的下一年回家的经历。

那是1925年。一放暑假，同学们都纷纷返家了。我也决定回去看看我妈。马边在川南师范读书的只我一个，我便和屏山同学蔡琪先结伴同行。到了宜宾，我们该分手了。我应向北沿岷江到犍为再西去马边。这段路程约五百多里，土匪很多，我独自行走，有些胆怯。蔡便约我和他一同沿江西上，到石角营，再转而北上到斯栗沱他家，从那儿去马边便只有一百多里了。我算了算，这条路约六百多里，虽是远些，但有他同伴，比我独自走好，便欣然同意了。

我们仍然是步行，一天一般也约一百二十里。屏山以上，金沙江河谷又狭又深。山间小路很窄。右边是壁立的高山，左边下临陡峭的悬岩。峡谷里，一线金沙江水汹涌翻腾，泛起堆堆白色的浪花。这条路上土匪也很多，好在我们都是穷学生，除一个小小包袱外，什么也没有，因此倒也安全。

一天中午时分，我们遥见河对岸有一簇簇的房舍。琪先说那是云南的清滩溪。我忽见离场约二里下游路旁的包谷林里钻出个人来向上方瞭望，跟着又钻出个人来瞭望，便又进包谷林去了。蔡琪先说："看看，那可能是截线子的！"截线子是土匪黑话，即拦路抢劫。这时我们见从场口有三个人走来。两个担着包箩，一个是空手。刚走到包谷地边，包谷林里的人突然钻出来拦住他们。他们回头就跑。一个土匪把手里的家伙平端起来。隔条河，我只见冒出一点淡淡的白烟，接着一声沉闷的轰响，一个人倒地，另两个人还在跑，于是又是两响沉闷的枪声，又一个倒地了。枪声还在河谷里往复回旋。

我们隔条河，是安全的，但亲眼看见这一场枪杀，也动魄惊心。

到斯栗沱蔡家后，我才知道从这儿到马边南部的大谷溪间有一段路要穿过彝区。民国以来，由于汉人对彝人的欺凌掠夺，彝汉关系恶化，这条路没人走，早已荒废了。我听了很着急。琪先的父亲说："不关事，我有办法。都包在我身上好了。"他是斯栗沱的舵把子，也是当地保正，人缘很好。他找了个本地专做彝人生意，和彝人关系好的也姓蔡的老大爷。他刚好有事要去马边。蔡保正便把我托给他。蔡大爷要我放心跟着他走，但是要听话。他喊走就走，喊停就停。遇上彝人，不要慌张，不要乱跑。我当然是很老实的，紧紧跟在他的身后。我们一离开斯栗沱不远，上了山，路就渐小、渐荒，大约走了二三十里，就几乎看不见路的

### 三 危险的旅途

迹象了。茅草和各种藤萝灌木阻碍我们的行进，也遮蔽着头上的天日。蔡大爷时时停下来听听周围的动静，又拨开树枝，观察一下方向。一路上倒是平静的。日落时，我们经过一段叫九个弯的高山弯道，开始下坡。过了一会儿就看见山下树丛中的大谷溪碉楼了。我猛听得一声吆喝："干啥的？"同时听见拉枪栓的响声。蔡大爷连忙报了自己的身份来历，我们才得被准许进入场内。这场在马边最南接近屏山地界。从前场上有几十户人家，附近山坡坪地也有不少庄稼人。现在人逃了，地荒了，只这场上有几户人家舍不下土地，便自己购置枪支，修建起碉楼，把这个场变成个军事堡寨，坚持卜来。

在大谷溪，我才听说马边在最近发生了一场变乱。原县长李树骅被地方势力赶跑了。但他去乐山搬来援军，又打了回来。就在两天前双方在前面三溪口打了一仗，地方团丁死了三十几人。人们向我们说："要是你们早两天来，还会碰上仗火呢！"

下一天早上，我们怀着惴惴不安的心情出发了。三溪口是我们此去必经之路，此去还会遇上什么麻烦吗？到晌午时，我们走近三溪口了。我小心翼翼地观察着：这是个槽形地段，一面逼近树木葱郁的山坡，一面稍开阔点。太阳很大，明晃晃的阳光洒满山谷。谷里寂静无人，也几乎听不见鸟叫的声音。在一片死寂里，一阵阵的死尸臭味扑鼻而来，使人忍不住要呕。沿路都散布着些奇形怪状的尸体。我不敢细看，埋着头，一趟跑下坡去了。

黄昏时候，我才到家。母亲看见我又喜又惊。她担心的是我幺爸是反对李树骅的，李打回来了，他逃跑了。李对于凡是反对过他的人都要报复。我们母子虽是一直受我幺爸的欺凌，且已和他分了家，但也不能不防着点。她要我待在家里，不要露面。我就这么胆战心惊地在家里窝住。十多天后，当那个蔡大爷要转回斯栗沱时，我便又和他一道去蔡家了。

8月下旬，我和琪先一同返校。在石角营我们待了三天。雷波和屏山石角营、中都一带要去宜宾、泸州上学的学生都聚集在这儿，一共有十五六个，大都是富家子弟。要上学了，他们是饱载而来，除了银圆黄金外，更多的是鸦片。这东西一带出去，不用说到泸州、重庆，就在宜宾也要赚个对本。这种顺手生意，何乐而不为？当然，人们也想到路上的安全问题，所以迟迟没有走。当时这一带亦袍亦匪响当当的观火匠是王凤山。我们这一伙人中有个人和他有点亲戚，大家就怂恿他去求王凤山。王允许给一张名片，但他还有些迟疑。王说："有了我的片子，你还怕个啥！你们尽管去，要是你在这河上把船翻了，我王凤山把这河水吃干！"这样，大家就安心了。

头天，我们雇了一条小船，平安无事地到了屏山。下一天，我们改包了一只六只桨的揽载船。船开出屏山不远，到了一个洄水沱，船夫们要开早饭了，让船在水上缓缓地漂着。突然间叭的一声枪响，人们还没回过神来，跟着就响起了密密的枪声。哗喳！一粒子弹打在船篷上，竹片灰尘纷纷下落，乌黑的船篷上立刻开了个天窗。大家丢下饭碗要找藏身之地，可揭开舱板，下面装的是山货。于是只好平卧在舱板上。

枪声里，有人喊："把歪子弯过来！"

## 三 危险的旅途

船夫回答:"不要打,就弯!就弯!"

在移船靠岸这当儿,人们说:"碰上打歪子的了,怎办?"有人主张赶快把银钱鸦片都扔下河去;又有人说:"不行!棒老二要的是钱。他们也肯定调查清楚我们是有钱的。要是抢不到东西,发起火来,拉我们的肥猪,或者赏我们几颗洋花生米呢?"人们觉得这有道理,蚀财免灾嘛!于是,为了迎合老二哥们,便把所有的金银鸦片都从身上包里取出来,成堆儿地摆在船舱面上。

船靠岸了,匪徒叫我们都上岸去。我们这才看清楚岸上有六七个土匪,山坡上石包后树丛里还有六七个,都提着枪。当然我们也不敢多看。遇上土匪,你盯盯地瞧住他,那是很危险的。

土匪们毫不费力地就取得了颇为可观的财物。待把东西起完,示意我们回船时,那个吓蒙了的王凤山的亲戚才抖抖索索地把名片掏出来递给一个头领样的人:"王……王凤山,王大爷,有片子,请候弟兄伙!"那土匪瞪他一眼:"啥子王凤山,老子们认不得!"

等到船开到江心,岸上不见土匪时,船上的人们才完全回过神来。于是,嚷着,骂着,悔恨着,议论着,最后得出个一致的意见:一到宜宾,就写信给王凤山诉说经过,并添油加醋说那土匪怎么不认黄,撕了他的名片,并捣他的炉子。

这事过后很久,我听琪先说:后来王凤山把这件事调查清楚了。一个晚上,他带上两个弟兄伙直入屏山县河街的一家烟馆里。那土匪头和他的管事正对卧在床上抽鸦片。他直走到他床前。那老板想坐起来招呼他,他两手同时放枪,把两人都打死了。而后,他从容地下到岸边,坐上事先备好的船,划到对岸云南去了。

……

一年多前的事,仿佛就在眼前,而童年时的那些噩梦也还时时重复展现。我从那个黑暗的角落里走出来已三年多了,尽管今后要到哪里去,我觉得很渺茫,这路又该怎么走,我也不知道,但无论怎么说,我是不愿意再回去的了。

那么现在怎么办呢?

我去找介平商量。他在寒假中回家,是"二·一六"惨案后才回学校来的。他此刻正忙于参加成大师生反对军阀暴行和挽留校长张澜的斗争。他劝我不要回家,说学校终归要办的,待局面安定下来后继续读师大。我说:"我不愿读书了。""为啥呢?""我半饥半饱,对艺术系尽画山水花鸟实在没有兴趣。再说,现在大多数人也都愁吃愁穿的,这些东西画来又有谁看呢?"他想了想说:"那么你仍回川南师范去吧。我这次寒假回家,听说学校又要恢复了。"我觉得这主意对。一来我对川南师范有感情,再者那是公费,至少我可不愁肚子。

我再次挎上我那磬锤儿包袱。这次是我一人独行。好在一回生,二回熟。这东大路要经过哪些县,前头是什么场,我大致清楚。经过锻炼,我的脚板皮厚了,穿上粗竹麻草鞋,一天走一百二十里全不在乎。我听人说一里千步。我的脚步小,可能不少于两千步。那么这成泸间约八百里的路程,又该多少步呢?我无心于计算,只是基本上按照旅店门前纸灯笼上写的对联"未晚先投宿,鸡鸣早看天"的要求,一步不少地又走回泸州来了。

## 四　成泸辗转

川南师范复校，且又招了新生。但原来水井沟自开办经纬学堂以来的老校舍已为军队所占，学校借住城内三倒拐的福音堂。这是基督教会所建西式砖木结构的两层楼房。房屋比水井沟老校舍要新些，但很狭小，没有操场，不大像所学校。教师几乎全换。新任校长黄学海是泸州教育界帮口中一个有实力的人物，川南师范一复校他就任校长，可见其来头不小。学生呢，原先的活跃分子和骨干人物多已他去。校名虽是从前的，却有物是人非的感觉。更其突出的是先前那种校风，那种活跃、开朗、进取、向上，有所不为又有所追求的精神风貌已荡然无存。色彩缤纷的壁报，这样那样的团体也已销声匿迹了。当然，可以肯定，先前的火种还是存在的，因为在不多几年之后，就有些这时在校读书的学生因从事地下革命而被捕甚至牺牲的。不过，总的说来，复校后的川南师范已不是原来的川南师范了。

黄学海知道我在"二·一六"曾被捕。我到校不几天，他就找我谈话，警告我要规矩点。而且从此以后，我总仿佛觉得他那有些深陷的炯炯的眼睛总在盯着我。我所在的十七班原先的同学走了一些，又新来了些插班生，彼此不熟，没有多少共同语言。上课也没意思。教国文的老夫子讲的全是韩柳古文；英语呢，我自己已读到前头去了；图书馆只有些破破烂烂的旧书。我感到无聊，苦闷。为了消磨时光，发泄胸中的闷气，我偷偷开始写作了。

我这时写的东西都是生活记录，回忆感想，零零散散，没有完整的形式，也没有个题目。我把其中的一篇寄给王介平，他又转寄给李劼人先生。劼人先生把它在他所编的报纸副刊上发表了。这事有些因由，须得补叙一下。

介平在读川南师范时就开始写些短文寄给劼人先生编的《新川报》副刊，他们早就有所联系。去年五月，川南师范停办，我们同去成都时，他原没打算升学，而是想去求劼人先生找个什么事情干的。介平在1985年卧病逝世前，曾经口述自己生平，由他的二女建清作记录，后来经我整理成文的《一个教师的一生》中，曾经说到这事，现摘抄于下：

> 那是大热天，我到他家去时，他正打着赤膊，在堂屋里抽水烟。他问我："你就是王介平啊？你不是在川南师范读书吗？"我说："川南师范被查封，我失学了。""那么你来成都干吗？"我说："先生在报馆做编辑，能不能帮我找个校对的工作？"他停止抽烟，看着我说："你说得好撒脱！现在成都连大学毕业生要找个饭碗都难，何况你是还没有毕业的师范生啊！"我一听，心冷了。这儿既不行，那么大个成都

市，人海茫茫，又到哪儿去找工作呢？我闷了几分钟，站起身来告辞了。他家所在的巷子很深。我拖着沉重的脚缓缓走出来。刚走到巷口，他忽又追来把我喊住："现在办了成都大学，正在招生，你去投考！"我说："我一个钱没有，考了咋办？""你考上再说！"

这时距成大考期只有八天了。我没时间准备，仓促应考。谁知考下来竟名列第二。我去告诉劼人先生，他很高兴。他说他现在成大任课。我入学时应缴的学费讲义费一共十六元，可以给我写个担保条子以后补缴。至于吃饭问题，就以投稿来解决……

我写的这篇东西由于是习作，自己没有想到要发表，因此也没署名。劼人先生采用它时，代署名为"道旁子"。我想他大概是有见于文中那个歧路彷徨的少年的形象吧。

这学期近期末时，我决心不再在川南师范读下去了。我打算再去成都。去干什么？我自己也不明白。这儿有饭吃，但精神闷得慌，那儿可能会再饿饭，但精神上要自在点。反正走出去天地宽些，且去试试运气吧。

同班的俞远灿和我一样穷。本期开学来校时，他带了十个"双毫"即二角的银辅币。他拼命节省，一枚不用。他有个幻想，想以这做路费跑上海。当然这太不现实了。后来和我合计，且去成都。这样，暑假一开始，我们就结伴同行了。

俞远灿是富顺人，他主张不走东大路，而由富顺、自贡、荣县、仁寿去成都。我半年中两次往来东大路走得厌了，也高兴走条新路。我是没有钱的。单靠俞远灿的十枚"双毫"供两人去成都的食宿费也还紧。到自贡时，听说艾宇眉暑期在成都高师毕业回家来了，我们去见他。我从他那儿借得两块钱的路费——我在这儿说"借"，不过是一般习惯的说法。那时候的贫穷青年只要意气相投，在财物上彼此资助，是全不计较的。

到成都后不久，远灿终于想办法跑到上海去了。我住在西胜街成大预文科宿舍介平那里。介平把我领去见了劼人先生。不久之后，经他帮助，我在预文科图书馆得到一个非正式职务：见习馆员，一个月有十二元的薪金。这一来我的衣食住问题全都解决了。

这时在成大、师大和其他学校读书的川南师范和泸州中学读书的学生很多。他们都受过"五四"新思潮的洗礼和川南师范革命传统的熏陶，因此也开展了许多活动，如组织"唯真学社"，创办文艺刊物《伊甸园》《BOO》，组织"妇女问题研究会"，创办《妇女月刊》等，这中间的核心人物之一是介平。

我在这时期除做见习馆员外，也参加过一些活动，写过一些文章。但是一年之后，我和介平间突然发生矛盾，于是我的生活道路出现一个转折。

1930年春间，介平收了三个补习女学生。他们都是川南来的富家小姐，中学毕业或修业，准备暑期考大学，但英语程度不好，便来介平处补习。由于经常见面，渐渐地很熟了。星期天，介平、我和她们也偶尔去郊游。一次游百花潭，大家在江边玩了好一会儿水，又去花圃看花。这时已是初夏了，太阳大，天气很热。我们吃了点小食后，就到神殿里歇凉。我用香炉里的香签就神案上做挂灯笼游戏。这本是我儿时曾玩过的。三个女学生中一个年龄最小叫j的也来和我玩。她觉得这很有趣，不断发出咯咯笑声。说老实话，我已到青春时期，对于异性是有一种莫名其妙的亲近感的。然而，我也清楚地知道我是个穷小子，学业无成，工作不定，连衣食也还很窘迫的处境中，是不配和富家小姐谈恋爱的，我竭力克制自己。当然，这也难免没有些过分的表现。这给介平看出来了。一天，在寝室里，他对我大加指责。他不容我分辩，也不顾室内还有其他的人。我羞愧难当，也觉得受了委屈。我实在忍受不了，含着泪走出寝室，又不自觉地走出校门。我在少城西北面的僻静街巷里无目的地走着，思量着后来看见一带红墙，墙内满是苍苍的古柏，原来已走到文殊院了。于是我决定到北门外金华街去找艾宇眉。

宇眉在高师国文部毕业后没有找到工作。他的哥哥宗彝是成都工业专门学校学化工的。在二十年代的四川哪有什么化工企业呢，就成都来说吧，"天虚我生"的蝴蝶牌牙粉就算是比较吃得开的化工产品了，而也还受到上海"美人头"牙粉的抵制，日渐衰落了。但是宗彝并不灰心。他在金华街的一所庙子里办起了个"家庭化工厂"，生产小苏打。他是厂长、技师，也是工人。全厂里只有他的一个儿子茂兰打杂。宇眉呢，是个老夫子，又高度近视，是帮不上忙的。他在学问上造诣很高，经史与诗文都通，尤其长于作诗。但是他禀性迂阔，不善于应世，因此在那个教书先生要通过激烈的"六腊战争"才能取得一只饭碗的时代，他虽是高等师范学生,一毕业就失业就不足为怪了。好在他生性恬淡,不求名利,还未结婚,没有家室拖累,他和哥哥两人手足之情也很好。因此他虽闲着住在宗彝处,每天只读书作诗,也自得其乐。

我找到宇眉,向他说了我的现时处境。

他沉吟一会儿说:"你不愿再回成大去,就住在我这儿也可以,反正我这儿有的是空屋。不过,你以后打算做什么呢?"我说:"我已计划好了,打算下期回师大,要求转学读预科。""那也好。从现在起到下期开学,还有三个月时间,你就好好复习一下吧。也许由艺术系转读预科还得经过考试呢!"

我住的屋子很空阔,在神殿后面。屋旁有株大黄桷树,盘曲的虬枝带着浓绿的树叶荫盖了半个后殿。白天我看书,看倦了,就看在树干上爬上爬下的壁虎。庙后有条小溪,日落时我就到溪里去游泳。整个暑天我没有进城。

1930年8月底,我到师大请求复学改读预科。教务处同意了,也没要我考试。

至此,我又见到介平。我们都没有提那件事,好像都忘了,又好像根本不曾发生过那么一回事。我和介平从1924年川南师范建交,直到1985年他因肝癌逝世前,我在3月9日由乐山赶到成都地质医院看他,和他诀别。整整六十年,我们情同手足。很不幸,就只这一次发生了点龃龉。

## 五　川大生活

在读师大预科期间我的生活是比较安定的。经济来源主要是写讲义，在报上投稿，有时也帮人家改作文。成都有些国文教师同时在两三个学校兼课。上的班多，作文本改不下来，便在外请人改，给点报酬，大致改一次给三五元。这活路是宇眉分给我的。他没有工作，一些先前的高师同学便请他帮改作文，而他又分润我一点。这也是当时一帮穷朋友相濡以沫之道了。另外，马边县上也发给我一点"贷费"，一年约有三十元。所谓"贷"意指借给在外升学而家庭经济有困难的学生，将来要偿还的，但实际上并没有谁偿还。这有些像中华人民共和国成立后的"人民助学金"，所不同的是前者由县上发给而数量也少得多，但在那时候对我来说，是不无补助的。

近三年来，经过了几次大的社会政治运动，我虽是没有进入主流，对一些事件的实质也并不很明了，但大时代的风雷既使我动魄惊心，我自己的生活也很动荡艰苦。现在我开始思索一些社会和人生的问题。没有谁来指引我，全靠我自己在暗里摸索。这时期我读了大量的书。我少有去上课，大部分都待在图书馆里。我读翻译的外国小说,尤其是俄国小说,如屠格涅夫、托尔斯泰、柴霍甫(今译契诃夫),也读社会科学著作。梁漱溟的《东西文化及其哲学》、李石岑的《人生哲学》我都反复读过多次,对外国的一些唯心主义哲学家如柏格森的生命哲学和直觉主义也很感兴趣。此外,我还读了不少史书,如韦尔斯的《世界史纲》、吕思勉的《白话本国史》、邓之诚的《中华二千年史》和《廿史》《资治通鉴》等。由于经常泡在图书馆里,少有上课,一期课堂缺席达到一半。教务长傅养恬先生把我叫去说:"你这是怎么搞的,缺席快到一半。按照规定缺席在三分之一的就不能参加考试。你知道吗?"我回答:"我并不是偷闲躲懒,也没到校外去游荡。我在图书馆看书,不也是学习吗?""不行,这是规定。不过念你所说也是真情,你以前的缺席我给你免了。这以后可不行啊!知道吗?"我虽是口头答应了,以后仍是我行我素。到期末他也并没有按章程不要我考试。因为在当时还有一些公子哥儿式的学生,平时简直不到校,到期末考试时才来应考,还出钱请人作枪手代为应考,这些情况学校也是明白的。

1931年师大、成大和公立川大各院校合并改为国立四川大学。皇城原师大校舍为校本部和文学院。三大校合并后,经费由国家盐税统一划拨,不再仰军阀鼻息,年约六十万元,比过去大大增加,师资人力也更加充实了。这年秋间新校长王宏实来校,努力擘画经营,学校比以前大有起色。这对于四川高等教育的发展是有重大意义的。

我于这年上期预科毕业,下期升入外国文学系。我读这系的目的主要是为了掌握英语这种世界通用的语言,以便扩大阅读范围,因此我不大重视口语的训练。当时同学中有不少的人利用星期天到南台寺华西大学英国人费尔朴或皮房街基督教福音堂牧师宋诚之家学会话,我却一次也没有去过。除了上面说的原因外还有个心理因素,觉得这些人都是帝国主义分子或其走狗。我不愿接近他们,仿佛这有损于自己的人格。当然,这是一种偏见,一种错误的观点,然而它是有其时代根源的。

1931年,就在我入川大外文系的同时,发生了"九·一八"事变。几乎一夜之间,东北三省沦亡,接着不过四个月,日本帝国主义又发动了上海"一·二八"事件。河山变色,民族沦亡,似乎就迫在眼前。颜之推《颜氏家训》说,北齐有士人教儿子学鲜卑语,弹琵琶,"以此服侍公卿,无不宠爱"。我想:我绝不要获得帝国主义分子的宠爱,何必学说英语?

在外侮日亟的同时,四川军阀内战的战火也猛烈地燃烧起来了,这首先是1932年冬的成都巷战。战争的敌对双方是二十四军的刘文辉和二十九军的田颂尧两个军阀。另一个军阀二十八军的邓锡侯表面中立,实则暗助田颂尧。邓在川大理学院的南较场一带驻有重兵;刘、田两部则夹皇城而对峙。刘在前门,田在后门,中间是川大校本部和文学院、教育学院。11月15日学校已被包围,断绝出入。次日下午两点左右就大打起来,呜呜呼啸的枪弹从我们头顶上空飞过,击炮弹就在图书馆后面爆炸开来。全校陷入恐慌和混乱之中。幸好文学院院长向楚和教育学院院长邓紫纯先生都在学校,便组织员工,指导学生疏散躲避。两军皇城之

·旧 话·

战争夺的要点是学校东侧和校一墙之隔的煤山。所谓煤山其实不是山，只是个高约三十米的土堆。但它却是这一带唯一的制高点。谁控制了煤山，便控制了皇城，因此这儿成了两军必争之地。住在靠近这一带宿舍的学生也特别危险。学校要我们都转移到西南面邻近大操场的教室里去。教室是砖木结构，也要比枇杷院全木结构的旧式平房要结实些。我们把课桌拼成两行，上搁黑板，再铺上棉被，在其下的地上放上草席，做成个临时掩蔽所。刚开始时我们伏在黑板下，大气不敢出，大小便也只得竭力忍住。过了些时候，对枪炮声渐渐习惯了，便从黑板下钻出来，到教室外空地上张望。不时有廿四军的增援部队从教室东头经过。一些进攻煤山的敢死队，提着手枪、大刀，腰上挂着手榴弹，尽管是严冬时候，有的居然赤着膀子，匆匆地跑过去。据说这些敢死队的代价是每人五十元现洋，有人把钱临时托人代管，有的自己带在身上。而后，一阵呐喊，一阵震天动地的手榴弹爆炸声和机枪连续发射的响声，短时的沉寂过后，尸体被抬下来，堆放在平板车上，手臂软软地垂着，血还在流。我一生从来没有这么近地看过这么多破头断肢的尸体。开始时我感到心发怵、头皮发麻，但看得多了，感情也就渐渐麻木了。

当夜枪声没停，但渐稀稀远了。第二天上午，由于校长王宏实和市里各界人士的呼吁，双方暂停交战，撤出校内师生。大约在十一点左右，我们在学校领导的带领下，各人用自己的棉被顶在头上，以防时不时飞过的流弹，集体走出皇城，转到南较场的理、法学院。这两院都已停课，学生大都回家去了，我们就在空下来的宿舍里随便住下来。

一月之后，成都巷战完全停止，我回皇城文学院，曾到煤山去看过。煤山这块弹丸之地，两军反复争夺。一方以金钱、炮弹、血肉夺过来，另一方又以更多的金钱、炮弹、血肉夺回去。到底几经易手，死了多少人呢？我不知道。我去时，尸体固然没有了，血迹也消失了，光秃秃的山坡上寸草不存，有些地面乌黑而光滑，好像刷了一层胶泥，我想那可能是瘀血变成的吧？

成都巷战虽是停止了，但川中地区二刘大战还打得难解难分。下一年，学校迟迟没有开学，到4月初，勉强开学了，但到5月间川战再起，6月又宣布放假。绝大多数学生都已回家。偌大一所学校空寂无人，园子里草长得很深。图书馆也关了门。我正穷极无聊的时候，我的母亲忽然来了。她在马边也听说成都城内在打仗，川大就是战场，她不放心，跟着一个由马边到成都卖熊胆的小商人赶到成都来了。她不由分说，逼着我立即和她回家。我呢，自知不肖，还让老母亲担心，感到很惭愧，便二话不说，和她一起上路了。

这时，由成都到乐山的岷江线上还有战争，我们便取道仁寿、井研，沿路还可看见战争所造成的残破景象。有些地段田地荒芜，房舍破烂，路断人稀。母亲坐滑竿，一路上都有破产失业的农民抢着要抬，价钱也很便宜。我呢，便跟在滑竿后面走。正是盛暑时节，气候异常炎热。中午太阳把地面晒烫了，透过草鞋也感到热气烫得难受。最苦人的是十里八里没有村店，也没有卖茶水的，人渴得好像喉里要冒烟似的。一天午刻，我们行到仁寿、井研边境时，看见路旁有株大树，旁边有户人家。抬滑竿的想歇一下，讨口水喝，便在大树下歇下来。农舍是一般常见的长三间草房，旁边接出一个偏棚做猪圈和厕所。房子的土墙掀倒半边，茅草的屋顶上有个大洞。大门半掩着。我推开门一看，屋里空空的，一个三十多岁的女人坐在灶下嘤嘤哭泣，一个老婆婆在一旁撕纸钱，也在无声地淌着眼泪。一问起来，才知这一带在不久前打过一仗。他们逃跑了。等到战后回来时，屋里的东西要么没有，要么被破坏了。一天当家人到地头去看庄稼，发现田里有个大坑，周围的稻子都倒伏了。他下田去扶伏倒的稻子踩着个硬硬的东西。他掏起来一看，是一枚一尺来长一头齐一头尖的铁家伙，很沉，是颗没爆炸的炮弹。他把它抱回屋去，顺手丢在家里石碾屋角落里。几天前，他买回一斤巴盐。家里石碓窝还在，但石杵没有了。他顺手操起炮弹当杵。舂呀舂地，忽然天崩地裂一声巨响……

那母亲怀里的不足岁的婴儿在哭。老奶奶喃喃地念："命啊，这是命！"

我不忍心再向她们要水喝了。

我们由井研转五通桥，再赶船南下。一到犍为，就听说马边在闹"红军"，李静波被打死了。

## 六 李静波之死

去年11月间，当二刘在荣、威间展开激战时，刘文辉为了南面威胁宜宾，东出犍为扰乱川中二十一军的后方，决定在马边、屏山地区成立一个"川南游击队"，下辖三个支队。其中第二支队长就是我的族叔李静波。

李静波的父亲是清朝绿营军官——驻防三河口的镇边营的都司，原是马边显赫人物。但在他去世后，家境就衰落了。青年李静波在马边无事可做，便于民国九年（1920）离开马边外出。当时他年不满二十，身上只带了铜圆二千四百文，背上背着一个小小包袱，脚上穿一双草鞋，就走出马边丛山，去闯荡江湖了。他到过些什么地方，做过些什么事情，我不大清楚。但是，可以想象：一个无钱财，无地位，无社会关系可利用的渺小青年人在坎坷的仕途上所经历的困顿颠仆是不小的。1923年，不知怎的，他竟流浪到杭州西湖，住在灵隐寺，给庙上抄写经卷。寺内长老圣清见这个年轻人谈吐不俗，颇有文墨，却潦倒落魄，对他很同情，就劝他在庙上出家当和尚，但他辞谢了。

1924年，他回到四川，在宜宾遇见同乡曾昭布。曾在刘文辉部王绍余连上干事，就介绍他去当了一名文书。刘文辉当时是八师陈洪范部的混成旅旅长。陈庸懦保守，但刘是有野心的。他办了一个军官讲习所，培训骨干，以备发展自己的实力。曾昭布和李静波都因王绍余的保荐进了讲习所。有一次，刘文辉来讲习所讲话。他提出一个问题：三国时候，官渡之战，袁绍实力大于曹操，却为什么反为曹操所败？他一连问了几个学员，都没人能答复。这时候李静波站了起来，侃侃而谈，分析了双方各自的长短和为什么曹胜袁败的原因，很受刘文辉的称赞。到讲习所结束时，他以优异成绩，破格提升为旅部见习参谋，直接在刘文辉身边工作。

不久之后，杨森发动所谓"统一之战"，陈洪范垮台。刘文辉节节上升为九师师长，廿四军军长，帮办四川军务善后事宜，进驻成都。李静波调到军部学友互助社工作，曾昭布也因他的引进到了互助社。他在学友互助社两年，成绩颇著。1929年，刘文辉又选送他到日本士官学校学习。

这次去日本，对李静波一生来说是一个转折点。在这以前，尽管由于他困难的遭遇，使他对黑暗现实有所不满，但他的思想倾向，大体上说，没有超出个人奋斗的范围，还说不上有什么社会理想。到日本后，他的思想才有了重大的变化。二十年代的日本，马克思主义哲学、社会科学以及文学思想都很盛行，中国传播这些新思想的书籍有许多也是从日本移译过来的。李静波向来好学，甚至吃饭、上厕所时也一卷在手。他在日本的两年间，在"左倾"思想的激荡下，更加如饥似渴地阅读了大量的进步书籍。这

## 六 李静波之死

使他的眼界大开,从而也就奠定了后来他倾向于革命的基础。

1931年"九·一八"事变后,李静波由日本回到中国。民族的危机、国土的沦亡,更激起他报效国家和改革社会的志愿。这年冬天,他到成都向军部报到后,刘文辉给了他两个月的休假,让他回家探亲,他在马边县住了十天,就两次向马边小学宣传抗日救国的道理,后来返回成都,路过沐川荣丁时,又向荣丁小学师生讲演。当讲到慷慨激昂处,痛哭失声,听讲的人中有许多也哭了。

他返回成都后,以少校参谋军衔仍在军部工作。他虽是武人,但从来没有带过兵。就他的性格来说,重感情,多幻想,易冲动,颇多文人气质。现在,他受任要去马边做游击队长了。刘文辉只给了他一个空头衔,至于武装和经费,因为大战方酣,却拿不出来。他这个支队在成都成立时,骨干只有曾昭布和林开鉴等几个人,武器只从红牌楼军械库领到三十几支步、手枪和两箱地瓜手榴弹。就这样,他们从成都出发了。

看来,他的机会是不错的。

他们走到乐山时,恰值叙南清乡司令刘文彩由宜宾退到犍为。他命令一个叫李树德的中队长带兵一连,押运三条满载银圆的大盐船到乐山。船到叉鱼寺,遭到二十一军陈兰亭部的截击,将全部银圆抢去。李树德到乐山,遇见曾昭布。曾知道他丢了银圆,害怕交不到差,会受到刘文彩的处罚,正在为难。曾劝他一同到马边。李树德一想,这倒是个好主意,便把全连人都带了过来。这就成了李静波武力的基础。

当时马边地区很乱，大小土匪朋党林立。由犍为去马边的大路上就有熊麻子、赵三和尚等，力量都很大。李静波这一连人是吃不开的。于是，他们改走黄丹、舟坝的小路。曾昭布自告奋勇，带领一排人作先头部队。他久跑江湖，颇通袍哥社会，一路上由他"拿言语"，办交涉，行进得也比较顺利。

这时马边城内没有驻军，地方势力的首脑是李湘廷。他是团练局长兼彝务处长，掌握全县民团武装，而且可以调动彝人，是全县士绅领袖，最有实力的人物。他和李静波本是亲族中的弟兄关系，但他预感到李静波此来对他是不利的。他调了两个团防中队约二百来人在城西北寨脚山一带布防，企图阻截。旧历冬月二十五日，曾昭布的先头部队一到寨脚山下，就遭到团队的射击。曾昭布一面还击，一面喊话：

"弟兄们，不要打！我们是奉二十四军军部的命令进驻马边的。支队长是李静波，我是曾昭布。我们都是马边人。弟兄们，不要打！"

团防动摇后退，曾昭布趁势一冲就进城了。

李静波入城后，注意约束士兵，严明纪律；积极开展对群众的宣传；对上层人士，则规定每周星期日开一次机关法团及各界人士的代表会，征求意见，商讨应兴应革事宜；又委王道元为县长，管理县政。这样，很快就使马边社会安定下来了。

但是，地方封建势力是不甘于就此丧失他们的权益的，特别是李湘廷。他阻止李静波入城不遂，表面上和他妥协，却在背地里拆台。李部薪饷二十四军既不供给，只得要求地方筹办。李

## 六 李静波之死

湘廷对此极力反对,还扬言说:"李静波几条破枪有啥不得了,我不须发动彝人,就凭四乡团队也要他滚蛋!"他跑到较场坝乡下藏起来,派他的儿子李藩和亲信们到四乡活动,组织团队,准备较量。李静波也深感到李湘廷是他前进道路上的最大障碍,不除掉他,他在马边的地位是不巩固的。他抢先一步,于这年阴历年底分别派人到较场坝和永乐溪逮捕了李湘廷父子,一并加以枪决。

杀了李湘廷,地方势力瓦解。李静波趁势收编全县民团枪支,他的实力猛增,仅一个月光景,就由原来的一百多人增到六七百。这样,他就把马边全县牢牢地掌握在自己手里了。

李静波由日本回来后,就有志于改革。现在,在这浑浑乱世中,他占有了马边,成了一方的主宰,这给他提供了一个机会。于是,由1932年底至1933年夏仅仅半年的时间里,他大刀阔斧地进行了马边历史上前所未有的社会改革运动。

第一是反封建。主张男女平等,实行男女同校(马边小学原设在箭道子,只收男生;另在小东门有女校。他把两校合起来)。不许妇女蓄发辫。他亲到小学讲演,勉励学生努力读书,学好本领,将来改革社会,建设新马边。

第二是破除迷信。他和部下带头把自己家里的神龛去掉;发动兵士和学生打菩萨,将城隍庙、东岳庙、真武庙等寺庙的泥塑神像捣毁,木雕的则投入马边河内;禁止出售香烛纸钱等迷信法物,不许端公道士搞迷信活动。

第三是戒烟戒赌,改变社会风气,改进城市建设。把打去神像的城隍庙改建为剧场，上演文明戏；整修街道，拆去部分住房，加宽街面；又打算炸去北门河上的大石包，改变河道，扩大城市范围。

第四是打击土豪劣绅。在枪毙李湘廷父子后，他将马边一些头面人物抓来戴高帽子游街，扣押罚款。全县大富户财务局长胡发祥被罚了大洋三千元；团总王朝轩，乡长杨继书、杨春和等也各罚了几百、千元不等。大地主董祝三据传曾贪污水灾救济款，李静波正打算清算他，他借大年初二到城外武侯祠进香的机会，逃到犍为去了。

他又打算"平分土地"，但还没有来得及实行，内部和外部的矛盾就相继爆发了。

就内部来说，他在收缴团枪后，编了七个连和一个特务排一手枪排。曾昭布、林开鉴和李树德都是连长。特务排长是杨吉林。但是还没有营长。谁任营长呢？李静波还没有做出决定，而他的部下已开始暗暗斗争了。

一天，曾昭布请李树德在河淮昆饭店吃饭。三杯酒下肚后，曾发牢骚说："支队长之有今天，要不是你拖枪过来，我出力拼命，那是休想！你我是老朋友，这个营长你当我当都可以，但如果委任林开鉴，我就要反对，拖起队伍走他妈的！"

这话不久就传到李静波耳里去了。他两人虽是共事多年，但现在却是同床异梦。曾不理解李的改革理想，李也不满曾的一心只想升官发财。本来，论资格、论功劳，曾是应该当营长的，李之所以迟迟不决，原因即在于此。然而现在曾昭布威胁要背叛

## 六 李静波之死

了,这是李静波不能容忍的。他这个人的性格刚强,但也狭隘;敢做敢为,但也不大考虑后果。他没有想到要对他进行争取教育或者采取更为策略的措施,而是简单地把他干掉。他一经决定要干,跟谁也不商量,马上派人去向曾昭布说他明天要出差,要他的勤务兵把手枪带去。回头他又把李树德叫去,对他说:"曾昭布反对我,要把人带走,这你是知道的。你没有向我报告,我不怪你。现在你马上派一个排担任警戒,我要把曾昭布抓起来。"

曾昭布一被抓,立即押赴南门外枪决了。

曾昭布被杀,可把李树德吓坏了。他引咎辞职,李静波也同意解除他的连长职务,委任他当个典狱官的闲职。李部官兵和县城人民都很震动。这是完全出乎人们意料的。自此以后,人民都很怕他。人们传说:"支队长的眼睛有杀气",不敢正视他。

李静波的威风树立了,但部下也有些离心离德了。

而在外部,形势的发展也于他不利。第一次二刘战争在去年底暂时停火,今年3月间又爆发了刘文辉和二十八军邓锡侯之间的毗河战争。李静波即于此时带了几个亲信到成都军部汇报工作并请示今后机宜。刘文辉在军务倥偬中亲自接见他,对他在短时间内能取得这样重大的发展表示嘉许,提升他为中校大队长,并要他积极做好准备,听候命令。

然而,在他回马边不久,刘湘趁刘文辉和邓锡侯在毗河打得难分难解的时候,又由川中向岷江的乐山、眉山、彭山、新津全线进攻。刘文辉几面受敌,苦撑了两个月,最后全线崩溃,退往雅安、西昌去了。

刘文辉一退，李静波这个部队成了孤军。马边是一个死角，向前出去的路被截断，后退是大小凉山彝区。这好像一个落地桃子，谁都想把它捡来吃掉。首先来尝试的，是王绍余。

王绍余在二十四军已升为营长了，但在岷江之战中投降了二十一军的陈兰亭。陈允许升他为团长，但人枪还不够，要他收集一些二十四军的散兵残部。他想到李静波。他以为李静波现在走投无路，而他在宜宾做连长时，李曾在他的连上做过文书，是他的老上司；而且又保送他进军官讲习所，开辟了他以后的前途，也算有恩于他。王绍余仗恃这个旧关系，以为是可以马到成功的。

当然，他知道李静波和二十四军的关系很深，也知道他在马边的所作所为。而且外面早已沸沸扬扬地传开："李静波赤化了。"因此他找他的连长张运斌——和他同是犍为清水溪人，系李静波妻子张运霞的堂弟——写信给李静波，用暗语说："现在布匹行情下跌，二十四吊已垮，二十一吊八也不行，奉劝你二十一吊成交吧。"二十四吊隐射二十四军；二十一吊八合为一个"共"字，意即警告他不要走赤化的道路，而投降二十一军。

紧接着，王绍余、张运斌轻装简从地来马边和李静波谈判。第一天，在李的公馆里，王绍余就单刀直入地劝李静波接受投降，部队改编后由李任团长，他做副团长。但李静波针锋相对地提出反建议：要他来马边和他合作，他愿推他做团长，他自己做团副。谈了两天，谁都不让步，没有结果。最后王绍余威胁说：他已是瓮中之鳖，如不投降，那后果不堪设想的。他要他好好想

## 六 李静波之死

一想,下一天来听他的回话。

王绍余走后,李静波也觉得摆在他面前的路只有两条:一条是投降,这当然比较安全,还可以继续当官;另一条是干脆和旧社会决裂,投向共产党,走可以使自己获得新生的彻底革命的路。尽管要怎样才能找到这条路他还没有把握——他和共产党没有接触,他身边有些人早年虽参加过些革命活动,却早已脱离——但他不是那种瞻前顾后的人,他很快就下定决心,并做好准备。第二天,王绍余和张运斌一来就被捕,不由他们分说,拖到西门外水巷子,一阵乱枪打死了。

枪声远远超出马边,震动了犍为清水溪。王绍余是清水溪码头上的"面子",手下"弟兄伙"很多;张家是清水溪大族,也很有势力。这两方面的人再加上曾被李静波拘押罚款后来逃出来的土豪劣绅们汇集在一起,共谋要为王、张复仇,找李静波算账。他们派人去谒见陈兰亭。陈对于自己的部下被杀也很生气,就把这个报仇的任务交给李三官。

李三官本名陈国宾,泸州人,是叙泸间一名大土匪头子,有人枪数百,现在虽招安在陈兰亭的部下,还没有什么名义。他在向马边进军时,想到李静波的实力颇强,而且据险固守,要进行强攻,是不容易的,于是,他巧妙地编织了一张罗网。他们认为李静波"赤化"了,正要投向红军。李三官部下原有一部分封建会道门"红灯教"匪徒,于是一到利店,他们就打出"红军"旗号,采取了一些"革命"措施,同时派人到马边联系,声称他们是川滇边境上的红军游击队,现在要从马边借路过,转往川西北，再北上抗日，要求给以方便。李静波派人去侦察，却稀里糊涂地拾到些道听途说，就回来向他报告说真的红军来了。于是商定由双方的领导人亲自会面谈判。

当时李静波防卫马边的前沿阵地在距城三十多里的分水岭，驻有两个连。约定的会面地点就在分水岭下半山的磕膝坡，双方各带随员一人，都不携带任何武器。为了彼此一目了然起见，又约定只穿线背心、短裤衩。李静波的随员是他的特务排长杨吉林。他为了防备万一，在背后别了一支小手枪。杨扮李静波走在前面，李扮随员距后几丈远。走到磕膝坡的幺店前面，对方的李三官和悍匪白二哥已等候在那里。双方喊话，相互接近。到距离约两丈时，走在前面的白二哥突然从背后拔出手枪向他们射击。杨中弹倒地。李负伤向右方坡下逃跑。跑了百来步，倒死在一块大石包下。

岭上驻军听见枪声，发枪接应，并冲下山来，但一发现李静波已死，便泄了气，退回城里。部队失去了领导人，乱了起来，散的散了，没有散的由营长林开鉴率领，当夜取道荣丁、舟坝，转往峨眉去了。

对方的李三官和白二哥开枪后回头就跑，一口气跑回石梁子。他们不知道李静波已死，还不敢贸然前进。过了一天，得知虚实，才开进已是空城的马边。

李三官进城时，"红军"也现出了他们的本来目：头披黄帛纸钱，肩挂红带，上书："神兵大道"，一面走，一面丢纸钱，口中念念有词："打不进，杀不进！"……

## 七　苦闷中的探索

我和母亲是在李三官进城后的第八天回家的。这时匪部虽已委派了一个"县长"，但仍是人心惶惶。城里人家门户半开半闭，满街都是三五成群游荡、喝酒，惹是生非的非兵非匪、亦兵亦匪的新的占领者。晚上，月黑风高，四处狗吠，便可听到什么地方的枪声。这猛使我想起十几年前的"滇军"进城和"李司令官"之乱。历史仿佛在循环，在重演，在倒退，而使我更感悲凉的是改革者的命运……

我在家苦闷地待了一个多月，终于又说服母亲，让我再去成都了。

这年秋，学校虽复课，但我对上课仍然不感兴趣。不断的内乱外侮，使我对我们这个国家和民族的前途丧失信心。我不知道她的出路在哪儿。对我个人来说，读这些书有什么用？将来又干什么？我也觉得渺茫。我继续读了些社会科学书籍想求得解答。有一个时期我对俄国的民粹派"到民间去"的运动很感兴趣，对梁漱溟的"乡村建设运动"也很倾心。我以为中国有百分之八十以上的人口是农民，只要农村不摆脱既穷且愚的状态，中国便绝对没有希望。但不久之后,我就觉得这不过是空想。中国农民在鬼神、土劣和国民党贪官污吏的重重压迫下,要去搞"乡村建设",那不是痴人说梦么!

这个时期我继续写了些散文和小说在成都报纸副刊上发表,笔名有燕石、溟川、蒙、穆等。这些作品虽在一定程度上反映了当时的现实,如散文《鱼与鸭》反应皇城之战时我的心理状态;小说《劫难》上面提到的一个农民拾得炮弹把它当春盐棒的悲惨故事。但由于我脱离革命斗争的主流,看不到中国的前途何在,因而作品的思想是宿命的、悲观的,情调是灰色低沉的。

1934年下期,由于共同的爱好,外文系几个同学组织起了一个"文艺研究会"。最初参加的只有六人,即杨升夔、谭仲超、何白李、刘杏帆、廖维祐和我。稍后又加入了岳尧阶、廖品椿和中文系的张宣。文研会创办了个刊物叫《文艺》,初为不定期刊,后改为季刊。每期五六十页,印刷约五百份。经费初由杨升夔独力承担。他是外文系四年级同学,在读书时就考上了邮局的邮务员,每月有六十多元的收入,只有一个老母,又没结婚,所以在我们中是最富有的。刊物以发表同仁的作品为主,也刊登翻译介绍文章。这是川大成立以来建立的第一个文艺团体和刊物。它受到校长王宏实,外文系教授涂序瑄、刘星垣、张晃初的重视和支持。次年,会员发展到二十余人。这年暑期王宏实去职,任鸿隽继任校长,重庆大学文学院并入川大。学校有新的发展,文艺研究会也大大扩展,增加了新的血液,它的性质也有了突变,成为川大有影响的革命社团了。关于文研会前一时期的性质,张宣在《成都党史资料通讯》总第四十四期《关于四川大学三十年代的"文艺研究会"》一文中说:"'文研会'同仁在政治上并无明显一致的倾向,但下列思想是共同的:拥护'五四'文化运动的民主精神,讲人道主义和爱国主义。他们不满国民党和地方军阀的腐败政治,但他们不介入当时国内的尖锐阶级斗争……他们对于突破川大当时那种极端闭塞守旧的空气,还有一定的进步意义。总之,文研会的政治色彩是灰色的。这在革命低潮的时间和地点,是青年学生普遍的色调。"

我以为这一评价是符合实际的。

## 八　毕业就是失业

1935年上期末,我在川大毕业了。在那个政治腐败、社会黑暗、百业不振、经济萧条的时代,大学毕业生的出路一般是教书。然而教育界人浮于事、帮口严密,我既没有有力的亲友援引,自己又生性腼腆、不善钻营,连少城公园人称"六腊战场"的绿天、鹤鸣等几个茶馆我也没有勇气去赶赶,那么哪会有饭碗白白从天上掉到我手上来呢?眼看暑假到来,毕业同学都离校了,只有我一个人还住在泥楼宿舍里,惶惶然不知怎么办。

幸而又是绝处逢生,原川南师范同学俞远灿来搭救了我。他和我于1928年暑期由川南师范来成都后,不久就去了上海,住在亭子间里,想以投稿为生。但这谈何容易啊!只不过半年多点,住不下去,就卖掉一些可以卖的东西,混上轮船当"黄鱼"回到四川了。不过经这一折腾,眼界开阔,生活丰富,写的诗大有进步,被朋友们称为"叶诗人"——这因为现时他已不用原名,而用笔名"叶菲洛"了。他在上海时结识了创造社诗人邓均吾,回川后曾在邓的家乡古蔺教过书,以后又因邓的介绍到了重庆。而现在,他又转到成都来了。

## 八　毕业就是失业

我见到他时,他已在刘湘的二十一军部的"武德励进会"当了官。他头戴考克帽,身穿灰绸长袍,手提司的克(英语手杖的音译),已不是当年流浪青年的形象,也不大写诗了。他现已结婚,在成都租了房子,生活显然相当优裕。他见我这个大学生一毕业就失业,惶惶然的样子,很是同情,便叫我到他家去住了下来。

半年后,又得到介平的帮助,我才有了工作。

介平在成大教育系二年级时,和同学合译了一本教育学的书,经李劼人先生介绍由上海中华书局出版,得了一笔稿费,便于1931年去北平转入清华大学哲学系三年级。这时北平各校在"九·一八"事变后,学生爱国热情空前高涨。他也深深感到形势迫切,以为要是国家亡了,哪还谈得上个人的学问、事业和前途。他学的哲学,但是在普法战争时,德国哲学家费希特就曾走出书斋,奔走各地宣传救国,因此他决心从教育入手,教好我们的后代,为民族复兴做点奠基工作。他针对当时教育上存在的问题,提出了"伦理中心教育说"。他认为"无知的罪恶只有知识才能消灭,知识的罪恶则只有道德才能祛除"。因此伦理中心教育的目的,首在使学生明白如何做人。主要的要求是使学生具有简朴刻苦的生活习惯;有独来、自尊、负责的态度;有劳动的习惯;有舍己为群的精神;有实事求是的批判能力。至于如何实现这一要求,他以为现行教育制度不能达到这一目的,必须自办学校,另订一套措施。

他把这一主张于1933年写成《创办伦理中心教育计划》一

文，在天津《益世报》上发表，其后北平《晨报》又加以转载，引起很大的反响。河北涞县、石家庄和涿县都有人表示愿意捐钱、献地方，欢迎他去办学。但他考虑到北方人地生疏，社会情况不熟，办起来可能问题多，不如回四川好。这样，他便于1933年暑期回四川了。然而没有料到四川这时刘湘和刘文辉两大军阀的混战正打得激烈。他在重庆见到李劼人先生，李对他说："现在四川人民都在水深火热之中，救死不遑，哪里谈得上办教育！你不如先找个学校教书，办学的事以后再说吧！"他接受了劼人先生的意见，先在酉阳龙潭中学教书，1936年春又转到井研中学。他得知我还没有工作，便把我向校长廖次山作了推荐。

我是1936年3月初到井研中学的。当时学校只有四个班，一百多人，全是初中。校长廖次山井研人，是清末经学大师廖平的孙子。他幼承祖训，学识渊博，恂恂有儒者之风，但他也受了"五四"思潮的影响，在青年时期积极在县里开展种种改革活动，成为县里新文化运动的先驱。对于办学，他的思想开明；对于介平，尤其倚重，放手让他工作。介平本他"伦理中心"的教育主张，全面培养学生各方面的才能。他提倡办壁报、讲演、开时事座谈会，鼓励学生写日记；经常接近学生，和学生打成一片，参加学生的晨操和课外活动；思想上帮助他们提高认识，端正方向，生活上关心他们的疾苦。他号召学生多读课外书，但学校图书不多，不能满足需要，便举办游艺募捐，以其所得购置图书。

我们在井中只干了三个多月，方当学校出现一派欣欣向荣的气象时，却发生了一场不大不小的风波，使我们于半途离开井研。

## 八 毕业就是失业

先说风波的原因。廖次山是上期来做校长的，当时学校暮气沉沉，教师有的是县政府安插来的关系人员，仗恃有背景，工作极不负责；有的是老油子，不学无术，专以镇压学生为能事。一期过去，毫无成就。寒假中，次山把他们辞退，另请来介平等一些青年教师。这些人不满就伺机报复。另外，县长苏光弼原是成大学生，刚由县训班毕业来井研做了县太爷。他趾高气扬，神气十足，喜欢别人捧他的场，而介平和他曾在成大同学，来井研后介平却对他不大理睬，这也使他很不高兴。

近因是：5月中旬，县上开运动会，苏光弼为凑闹热壮声势，命令城区各校停课，学生全都参加。第一天，井中师生都去了。下一天，介平为了不耽误教学，只派运动员去。会场上显得有些冷冷清清。苏光弼不满，问校长廖次山井中学生为什么不来。廖老实回答。苏即亲写了个字条送学校，命学生马上到会。介平接到字条，并不买他的账，提笔在字条上批了"碍难照准"四字，退了回去。苏光弼一见火冒三丈，立刻命令次山将介平解聘。次山说："我会聘教师，不会解聘教师。"苏说："你不会就不要做校长！"次山说："好，我就向你辞职！"说罢转身走了。

这桩事件一起，校内校外一些嫉恨次山和介平的人就乘机大肆攻击，诬蔑次山办学无方，学校有"赤化"嫌疑。几天后，苏光弼亲自带领八个武装警察来到井中，宣称接管学校，自兼校长，以县教育科长兼作教务主任。对于教师，除介平外，都重送聘书，但是我和其他几个教师都拒绝了。当天午后，我们收拾好铺盖卷，自己背上，介平带头，唱着《大路歌》走出了学校。

·旧　话·

　　离开井中后,我们借住在东门外廖次山家,因为学校还欠我们的薪金,不能马上就走。廖宅与井中只隔一道城墙。学生们一下课就三三五五地出东门到廖家来看我们。苏光弼知道了,不许学生出校门,学生就上城墙来呼唤我们,有的女生就向着廖家房子哭。这使苏更加震怒,又下令禁止学生上城墙。大概在这之后的两天夜里,我们还在院里纳凉。突然闯进来一些警兵,不由分说将介平、音乐教师林雨禽、户主次山的七叔和我四人押去县府,在会客室关起来。次山在外闻讯赶去县府找苏光弼,苏不见;问为了什么原因抓我们,不予回答;次山要求把他也关起来,却又不接受。

　　苏光弼抓不到我们什么把柄,目的只在抖抖威风。目的既达,第二天,便由县府第一科长陈鸣西出面演出一场滑稽剧。陈也是成大学生。他一来拘押处见到介平,就又是弯腰,又是抱拳,连声说:"误会!误会!"他说:"我昨天下乡去,喝了点酒,回来就睡了。晚上有人来报东门外有人家来了些来历不明的人,我叫警兵去查查,不料他们把人带了回来,而且又是老兄,实在对不起!"介平不依,定要问问苏光弼这是为什么。他说:"光弼其实不知,责任都在我兄弟。我们好歹都是成大同学,这样做如何对得起表方校长。希望老同学一定海涵,海涵!"

　　这是一场使人气也不是笑也不是的闹剧。我们都是些才出学校的书生,都很单纯,直道而行,不知社会有这些鬼魅,当然也不是这些小政客的对手。昨夜莫名其妙地被拘押进去,今天又莫名其妙地被开释出来。

　　跟着,我们这批人就离开井研,各自西东了。

## 九　记者生涯

1936年8月，我因叶菲洛的介绍，到重庆《星星报》做副刊编辑。这个报是虎标永安堂重庆经销代理人吴瑞清开办的。三十年代中期，永安堂生产的万金油、八卦丹、头痛粉和清快水四种"良药"在西南行销开来。这本不过是些防治感冒、清暑的极其简单的成药，但因其价廉，服用方便，受到无力就医的广大贫苦人民的欢迎。吴瑞清为了宣传、推广这些成药，除在各报大登广告外，又请准永安堂老板胡文虎在重庆开办一家报纸。经费由广告费开支，名称则仿香港《星岛日报》、新加坡《新洲日报》之例，也冠上"星"字。

这家报创刊于1935年，初为一中张。它没有政治背景，也没有什么明显的倾向性，一般是随大流；在内容和编排方式上仿效大报，什么都有一点，只没有自己的特色。它每天的发行数不过五六百份，范围也不超过重庆市区，因此是要赔钱的。那时重庆报纸只有《新蜀报》发行较广，数量较大，勉强可以自给，其他的一般不超过一千份，都要赔钱，只不过看其后台老板是谁，愿赔多少罢了。这家报社的经理由吴瑞清兼任。吴是个商人，只会在钱上打算盘，对于报馆人事和经费总是竭力扼制。它没有自己的专电，也无特约记者和撰稿人。编辑部一共只有四个人：一个总编辑兼编国内外要闻版，一个省市新闻编辑，一个外勤记者，还有一个主笔兼副刊编辑，这就是我了。

报馆没有住宿处。我初到重庆时，寄住在《新蜀报》的邝抱斋那儿。邝原是成都一家印刷厂的校对。1934年我们创刊《文艺》时，我常到印刷厂去看稿子的清样，因此认识了他。他于去年到重庆，初当报社的校对。他工作努力、踏实，尽管学历只是小学毕业，但由于他刻苦自修已达到相当高的水平，因此被提升当了国内版的编辑。他在白象街人家二楼租了一间小屋。屋内安了一床，一桌，两凳，一只木箱，所余空间已不多。我这去，他把木箱塞在床下，向报社借来一张竹凉板、两条长凳为我搭起一张床，这样屋里就没有回旋余地了。好在这对我们两人工作和休息都没有妨碍。报纸国内新闻版编辑都是当夜班。大约十点钟上班，黎明时下班。这样，白天我上报馆，他回来睡觉；晚上我睡觉，他又上夜班去了。常常是午后五点后我回来，他也起床了，于是我们到西四街小饭馆吃晚饭——在他来说应是吃早饭。他才起来不久，倦意和睡意似乎还没完全消除。脸色青白，头发蓬乱，眼球上带着些血丝。直待一杯白酒下肚，颊上才出现些不自然的红色。他不大说话，只偶尔发发牢骚："唉唉，磨骨头养肠子啊，这就是生活！"我很同情他的感慨。但对我来说，我现在不寄食于人，也就觉得满足了。

我在他寓处住了大半年。第二年春夏间，我在重庆新结识的一个朋友翁耘圃约我住到他的寓处去。他是个文艺青年,职业是银行职员,爱人是个小学教师。两人收入较宽裕,在张家花园佃了一间房,楼上是空的。这样我便搬到他那儿去了。

就在这些时候,社会上传出了川北发生空前大旱灾的消息。

本来,1935和1936年四川好些地方都曾发生过各种天灾,水、旱、风、雹、蝗灾都有。仅就去年说,四川省赈委会发表的灾情统计:"四川全省有一百四十八县、三屯、一设治局,受灾者即有一百〇四县、三屯、一设治局。除成都盆地各县外,都是灾区。受灾区域占全省面积四分之三以上,受灾人数达三千七百余万人。"其中单是旱灾就有八十八县,川北各县也在其中。今年,川北旧的灾情未复,新的灾祸又来。人民无以为食,吃野草、树皮、观音土,以至人吃人。对这样惨重的灾情,政府没有采取有效措施,社会上也没引起足够的重视,于是重庆各报决定组织一个"川北灾区视察团",作些直接报道。参加视察团的有《新蜀报》《商务日报》《星星报》和一个什么通信社,此外还有赈委会的一个委员,一共五人。《星星报》本应由外勤记者参加,但他不愿去,我就自告奋勇地参加了。

我们一出重庆市区,从化龙桥起,就逐渐看见荒芜的田地,土里长着野草,田里已出现裂纹。有的田缺水秧子栽不下去,有的虽是栽下,但已枯萎了。在内江,我们见到由省府派到内江来的查赈长邱斐然。据他说:"内江全县有灾民二十余万,其中有七万多嗷嗷待哺。灾情最重的二、三区有些饥民完全以草根、树皮、白泥为食。"这时省里又来了个"灾情周览团",一到内江凌家场被灾民八百多人包围,经劝解后才散去。现在"周览团"所住的旅馆门外还有全副武装的保安队一排人守卫,以防再出问题。

这是川中富庶之区,以产糖著名的"甜城"。那么其他地方呢?

在我们往返所经的二十几个县中,唯一看不见旱灾迹象的是成都平原。在这儿,阡陌纵横,绿油油的禾苗一直伸展到天边,在全川一百多个县闹着灾荒之日仍然安然无恙。这可不是天意。这沾的是二千多年前开都江堰水利工程的李冰的光!

然而就在这"天府之国"的原野上,农舍却一样的破烂,从茅屋出来的人仍是非常憔悴可怜。我们的车子一停,围上来的是向我们讨钱的乞丐和类似乞丐的卖香烟、甘蔗的农家女人。这丰饶的川西平原其实也是一具穿着华丽衣服的骷髅!

重灾地区在大川北,尤其是剑阁、广元、昭化、苍溪、阆中、盐亭、南部、西充和营山一带最为严重。我们沿川陕路到剑阁后,本应继续北上到昭广,但这两县间公路两旁都有"匪"。所谓"匪",其实是受灾后无以为生的农民。剑阁城里正屯集着不少的兵,准备开去清剿。同行的赈委会委员是个大胖子,看来平时养尊处优惯了的,此行已叫苦不已,更不愿去冒险。他坚决主张不去昭广,改而折向东南去苍溪。我们只得从命。从这以后,我们离开公路,进入农村,也就进入到使人惊心惨目的重灾区了。第一天,在从田家寺到木马驿的三十里间,展现在眼前的是无尽的荒野,几乎看不到一片庄稼地、一个在地里做活的乡下人。土里长满蓬蒿，田坎垮了，田里遍布着弯弯曲曲的裂缝。我们沿路所见的农家茅屋大都没有人。墙坍了，灶塌了，屋内空空，什么也没有。有的屋前后还残留下些枯树干，都是光光的，没有皮，显然皮被剥来吃了。在川北，树木不多，饥民的主要食料是野草。吃得最多的是一种叫刺根苗的野草，多生在田间地头，颜色灰绿，叶子狭长形，硬挺挺地像柄小刀，周边还有浅浅的刺。这种植物比较耐旱，当禾苗都已枯死时，它还可以生存。最后一切可吃的草都吃尽了时，就吃白泥，人们叫它"观音土"，以为是大慈大悲的观音菩萨赐给饥民的。这东西没有任何营养，只能暂时哄哄肚子，而且吃下去消化不了，排泄不出来。有的饥民死后全身瘦如柴棍，却挺着个大肚子，这里面就是白泥。

贫苦农民如此，在灾区里的富农地主也不见得好多少。在木马驿外，我们看见一座荒弃了的大庄院，屋里有一具柏木棺材，已被坍塌下来的墙埋去了一半。显然这是一家富农或地主的宅院，在空空的房里还留有些散乱的白骨。看来人不是死就是逃亡了。

这场灾荒死了多少人？各地都说不出一个准确的数字，纵然有也是大大缩小了的。我们在剑阁、苍溪、南部的城郊和集镇外都见到一些"万人坑"，是专为掩埋饿殍的。一般都是就荒地里随便挖个大坑，一坑埋三五十至一二百具尸体，上面掩上一层薄薄的土。野狗把尸体掏出来，啃剩的断肢残骨，散满一地。人死了，有些劫余的狗成为野狗，以吃死尸为生。一天，我们到达长宁山下一个小场，稍作休息便出来视察。我一个人走在前头，刚出场口，突然不知从什么地方蹿出来一只野兽。它黑不溜黢，拖着尾巴，龇牙咧嘴，眼里闪着凶光，向我逼来。我简直以为是只狼。我正在惶急的时候，《商务日报》的记者周君来了，我们一齐吆喝，它才慢腾腾地走了。这是一只吃惯了死尸的狗，要是再没人来，它会向我扑来了。

对这样惨重的灾情采取了什么措施？就我们所见，最普遍的是举行"祈雨法会"。我在此行写的通讯《到灾区去》中，就记述了这样一个场面：

"祈雨法会"在许家山的龙王庙举行。这是一间只有一进的所谓"一颗印"小庙，但据当地人说这儿的龙王曾经显过神，是很灵验的。有一年天大旱，这儿出现了一个老婆婆向人讨饭。人自己也没饭吃，便给她一碗水。她喝一口，喷出去，于是天降滂沱。

我们去时，天上出着大太阳，没有树木和青草的大地泛着耀眼的红色。只见庙前竖着一面旗幡，门上挂着黄纸写的"祈雨法会"四个大字的横幅。大殿上，道士们正忙着写文书，画符箓。文书是用黄纸写的呈文。开头是："呈为呈请早降甘霖，广施法力，降伏旱魔，以济苍生而利天下事……"末尾是："谨呈东海龙王敖广，西海龙王……"这是一封哀恳文书。符箓开头画的是焰火和乱七八糟的线条，而后是敕文："兹奉玉皇大天尊、洪钧老祖、九天、玄女娘娘、梨山老母、二郎神杨戬、花果山水帘洞孙悟空……之命敕令尔等于一时三刻之内，带领虾兵蟹将，兴云布雨，普降甘霖……如敢故违，立刻抓到斩龙台上斩决。切切此令！"这却是严厉的命令。看来人们对于龙王是软硬两手并用的。

一个乡民走了进来，带着一对烛三根香。他走到神台前想把香烛点燃，但看香炉里燃着的香烛已很少了，便将它轻轻放在神台上，而后虔诚地作揖，叩头。

神龛中坐的龙王蓝面红须，竖眉瞪目，一手高擎钢鞭，一手戟指着在下面叩头的农民，好像正在对他生气……

除此而外还有什么具体救济措施吗？我们所经各县都有赈委会的，但是县里没钱没粮发赈，望着省里。省赈会是专门负责赈救的。据说去年四川省政府向省银行提出一百三十一万一千元，又由民政厅筹款十万元，共一百四十余万元。如按灾区一百二十余县平均分配，每县只一万多元，按灾民人数平均发放，每人只有四分钱。而实际上又只拨了九十余万元，其余的已移作军费了。省赈会的先生们以"五老七贤"之一的尹仲锡为首，倒是仁心义肠的。蒋介石来川，在成都招待绅耆时，尹曾亲把灾区人吃人的照片当面交蒋，蒋看一眼就放下，连屁都没放一个。当由省里派到县上发放赈款的查赈长临行时，尹向他们叩头，希望他们一定要把钱发到饥民的手上。然而，就在苍溪，我们听说单警察长陶子国便侵吞了赈款一千多元，那么有多少真正落到灾民的头上来呢？这是去年的事。至于今年，在我们所经过的地方，一问起来，都还不曾办过赈。一天，我们到达一个叫马桑垭的小场，远远看见场口密密麻麻地聚集了好几百人，大都是妇女儿童，一个个衣衫褴褛，瘦骨伶仃的脸呈土灰色。我估计全场的人都聚在这儿了。他们在此干什么呢？我正诧异间，突然一个男人发一声喊，全体都冲着我们跪下来，一齐发喊：

"老爷呀！救救命呀……"

原来人们误把我们当成赈委会的放赈委员了。

怎么会造成这么惨重的灾情呢？

天旱，是真的。但这只是表面现象，而实质是人祸。

川北是廿九军田颂尧的防区。田原是刘存厚的一个师长。在1923年一、二两军之战中，田乘机占有潼川（今三台）附近十余县，成为他割据川北的开始。其后在四川军阀的混战中，他逐步扩大地盘和实力，到1925年时已占有川西北二十六个县市，有兵力近五万，在当时四川军阀中实力仅次于刘湘、刘文辉、邓锡侯，成为川北王。这么多的官佐士兵要饷要粮，要供给他们及其家属无尽的享受挥霍，都得取之于川北人民。田赋预征一年多到四五次，民国二十几年就征到三十几年。另外还有数不清的苛捐杂税的榨取，地主豪绅的剥削，连年内战的破坏，以及兵匪的抢劫骚扰。川北地方本来就贫瘠，承担能力就比较差。在重重人祸的侵害下，农村早已残破，农民早在悄悄地死亡游离。旱灾，只不过给他们最后一击罢了。

我们这次去川北，为时共二十多天。沿途我写有总题名为《到灾区去》的通讯，记所见所闻和所感，共约八十多篇，约近八万字，在《星星报》连续发表。

## 一〇　大时代中小人物的浮与沉

1936年12月12日夜里,我在报社拆阅当日收到的来信来稿。当送来的中央社电稿报道当天早上在西安发生事变,张学良和杨虎城在临潼华清池扣留了蒋介石时,报社中所有的人都震惊了。这是怎么一回事?它的意义何在?对于我们国家民族来说是祸是福?大家都不明了。当夜我没有回西四街住处,就在编辑室里陪着新闻编辑们想看看还有没有继续报道。天明后出报了,我才离开。在报社门口,有不少的人在围着看刚贴出来的报纸。一张张的脸上也都满布着惊惶、迷惑。我回到住处,抱斋也回来了。他脸色苍白,眼睑浮肿,眼球上满布红丝。他沉重叹气说:"国家不幸啊!扣留了蒋介石,南京政府那班人岂肯善罢甘休?内战可能要打起来了。"

然而事情的发展却超出人们的预料。由于中国共产党以民族利益为重,在这紧急的关头,主张在有利于抗日的前提下和平解决西安事变。经周恩来等的努力,迫使蒋介石接受了抗日统一战线的各项协议,从而使眼看就要爆发的一场大动乱得以和平解决。

"西安事变"后,政治气氛有了明显的好转。跟着"七七事

·旧　话·

变"发生,更把蓬蓬勃勃的抗日救亡运动推向高潮。这时,我已由市内抱斋处搬到张家花园耘圃处。《星星报》已改版为对开大报,并更名为《星渝日报》。我每天上下班经过闹市,看见一队队的宣传队伍,举着三角小旗,唱着:"上前线去,大伙儿在一起……今天是被压迫的民族,明天一切属于我们自己。"我常常感动得热泪盈眶。

这一时期,我的工作是积极的。我编副刊,写社论,改版以后出了"星期增刊",又兼任了增刊的编辑。我已没有什么时间来写文艺作品了,主要的精力都用在写社论和一周时事述评上。我一个月的工资才四十元,这在重庆是相当低的,除去吃饭和生活的一些必需的开支,已几乎没有剩余,而报社又不能按时发放工资,一般要拖上一个月。常常由张家花园上报馆或由报馆回去,连车钱也没有,只好步行。但我的精神是振奋的。青少年以来的抑郁悲观情绪随着人们同仇敌忾的爱国激情大大减轻了。

但是报纸在市侩吴瑞清的控制下,仍没有多大的起色。我提议搞点本报专电,吴以没钱为托词;又提议派人到前线采访或请托其他报社、通讯社的前方记者为我们写点"本报特约通信",也遭拒绝。报社总编辑傅锡藩是个老报人,有点事业心,工作踏实肯干。我说服他提议把报社进行改组:我们不做吴个人的雇佣,把报纸改为同仁事业。永安堂一个月能贴多少,明白摆出来。我们量体裁衣,自负盈亏,如果不够,我们自愿降低工资,甚至只要有饭吃,不要钱也行。总之,我们要把它办成一张为抗战救亡服务的报纸,不单为了宣传"虎标良药"或者只为老板吴瑞清个人服务。傅很赞同我的意见，又征求其他两个同事的意见，也都赞同了。但我们一提出来，立即遭到吴的反对，宣称他要辞去经理，从此不管报社的事。另外，有个新由国民政府参军处介绍来做主笔的李某，他不写社论，却又嫉妒我写社论，趁这机会，到处挑拨，攻击我有野心，要篡夺报社的大权。傅是老好人，在吴的威胁下，他变卦了。我感到很悲凉。我想我何必和他们争这只死耗子呢，便辞职离开报社了。

辞职就是失业。我这是第三次失业了。好在我仍是一个人，无家室的拖累，耘圃寓处还可住，我在报纸副刊上投点稿，一个月有一二十块钱，暂时还没有饿肚子之虞。只是，这以后怎办呢？

这时候，全面抗战展开，平津沦陷，日寇沿津浦路南下，淞沪杭之敌正向南京逼近。大批工厂、学校及企事业单位迁川。重庆是战时陪都，一方面由下江来的文化艺术团体和许多著名的影、剧艺术家在渝一再公演，掀起热烈的抗日救亡的高潮。这年七月七日，重庆举行火炬游行和义卖献金，三天内就献金十八余万元。许多中小学教师和机关工作人员献出他们的结婚戒指，轿夫、车夫、小贩献出他们一天的所得。但是另一方面，豪门巨户，污吏奸商也正在浑水摸鱼，大发国难财。歌馆舞场，灯红酒绿，热闹得很。正是：一边是血泪牺牲，一边是荒淫无耻。我呢，在这大时代里仿佛是个多余的闲人。白天没事，我常去中山公园，坐在山坡上的绿树下，看远处长江一江黄水。在这山坡下有间厕所，一个留学比利时的工程师在抗日战争爆发后赶回祖国，想于国家民族有所报效，不料因没人事关系，报国无门，衣食不继，绝望之余，一个晚上在里面吊死了。

　　我想，与其像他这样可悲地自杀，或像我这样无聊地人海浮沉，不如上抗日前线去的好。

　　我开始寻找机会。

## 一一　到鄂西去

迁重庆的文化机构中也有南京《新民报》。它的国内要闻编辑关白晖是川南师范十六班同学。川南师范停办后，他经过很多曲折，最后当上南京《新民报》的编辑。我见到他时，他已由《新民报》转到重庆《西南日报》来了。他像邝抱斋一样，在外貌上有一般夜间工作者的苍白、消瘦、虚弱，而在精神上却比他更颓唐、萎靡、悲观。他已结婚了。妻子雪峰是个农村姑娘，只有小学文化程度，年纪也轻，没有独立生活能力，还有两个不到五岁的小孩。这全家生活的担子都压在他的肩上。他拼命想多挣钱。由民办的《新民报》转到国民党官办的《西南日报》也只为去做总编辑，多了十多块钱。他知道我现时失业，便说可以介绍我去《西南日报》做副刊编辑。我说我想上前线去。他说："与其上前线，不如回你家。"我惊问他："回家干什么？""我听说现时有很多人都想去雷马屏办垦，那儿土地多，还可开矿呀！有人告诉我，在雷波金沙江上，到处都可淘到金子。"我说："你莫乱想吧！雷马屏到处都有的不是金子而是鸦片、土匪、袍哥。那是一个在血盆子里抢饭吃的世界，我们哪来这个本领啊！"经过几次商量，我们终于达成一致意见：我暂去《西南日报》编副刊，等到有机会，我们就一起到前方去。

1938年冬，一个偶然的机会使我离开重庆，去到鄂西。

白晖的《新民报》同事吕沧若就任"军政部第二十补充兵训练处"政治部主任，邀白晖去工作，白晖又转介我。这个补训处设在湖北西南角的施南。这时武汉已失守，湖北省府迁鄂西的宜昌。我想施南虽不是前线，但已接近前线，便接受了。

我们由重庆搭轮船到巴东，再转乘汽车到施南的龙凤坝。这是个山间小坝子，距施南县城还有三十里，有个四五十户人的小乡场。隔两天赶一次场。赶场日，四周山里的人把农产品背来售卖，热闹一阵子。到午后，场一散，家家关门闭户，场上就冷冷清清的了。补训处为什么要设在这个地方？据说是为了防敌机的骚扰。大约也是为了这个原因，部队驻地很分散。补训处的总部在离场约一里的小河边的一座庙里，政治部在又五里的向阳坡一家地主庄院，而部队，按编制是六个团，共一万二千人，但这时才有新兵一团，驻在五十里外的白杨坪。

政治部部长吕沧若是个文化人，但来不久就回重庆去了。常年主持部务的副部长姓李，是个老军人。全部一共有三十多人。白晖是宣传科的少校科长，我是上尉科员，也就是坐办公室的主办科员。一个少尉科员管收发兼缮写油印。此外还有个七八人的宣传队，队员都是来自沦陷区的流亡青年。我的工作主要是写宣传大纲，编印《抗战简报》，组织宣传队画漫画，写标语，逢场天到场上搞游艺宣传等。一开始，我是很忙的，但渐渐我感到空虚、迷惘。我怀疑我搞的这些就是抗敌政治工作么？我们宣传的对象是谁？又在为谁服务？这些工作又有什么意义呢？

首先，政治部既不受信任也不被重视。仿佛它是个外加的可有可无的机构。它和补训处的关系只有早上开朝会，听处长训话。处长李铣原为汤恩伯部一个师长，行伍出身，文化程度不高。讲话一开口就骂人，从部下军官纪律不整，帽子没戴端，领扣没扣好，新兵开小差，一直骂到龙凤坝，这旮旯名称倒好听，可又阴又冷，简直不大见得到太阳。一次他也讲理论了。讲的是"团结御侮"。他说：团结有三种，即心的团结、力的团结、武器的团结。所谓武器团结就是把散在民间的枪械收缴起来。最后还说到"粮食的团结""纸烟的团结"。他从不来政治部，从不向我们做指示，布置工作。政治部除主任吕沧若、副主任李钟茵外，谁也没去过处部。而且我们也没去过部队，没见过士兵。宣传品是由勤务兵送去的。我只是从他那儿知道一些情况。这个团的新兵都是才从四川接收来的壮丁。他们中的大多数是被抓来的。年龄大小不一，小的十四五岁，大的已三十几了。士兵的身体很弱，一个个面黄肌瘦。这已是冬天了，却还有阿痢打摆子的。对新兵管得很紧，但是仍经常有开小差的，抓回来不是枪毙就是打个半死再关禁闭。因此初来的一团人已经不足额了。政治部的勤务兵原也在团里，因为识得些字，才调到部里来的。他看了我们散发的《违反兵役法治罪条例》和《优待入伍新兵家属条例》后，叹气说："唉，这上面说很多好啊，要是当真实行起来，哪个不愿当兵？当了兵哪还愿跑呢？"

士兵如此,那么军官呢?由于六个团中还有五个团有官无兵,处部把这些闲着的军官集中起来成立一个军队。这些军官都是老油子,松松垮垮,晚上就到龙凤坝场上喝酒、赌钱、打狗炖来吃。我们刚去不久,就有个军官强奸了附近农家妇女,人家告到部里来。处长在朝会上当众宣布要枪毙他,但他当天夜里就逃跑了。就在太阳坡政治部里,有个专管交际的副官便和房主人家一个青年寡妇通奸。事情败露后,副处长李钟茵说这是"和奸",只把他开除就完了。

做军队政治工作不行,那么就只有做群众工作了。但这也有困难。这儿距武汉和长沙前线都不远,然而由于它僻处鄂西南,是个山区,交通很不方便。场上没有邮务所,信件收发都很困难。宜昌出版的《武汉日报》要十天后才能送到。平时,除开轰炸重庆的敌机有时经过上空,听到点隆隆的机声外,这儿一切是平静的,感觉不到什么战争的气氛。我们的工作在闲天是写标语,我和两个宣传队队员提上灰浆桶,带上用茅草扎成的扫把,到路旁、岩边和人家的墙壁上写上大字标语。在两个月间,几乎把龙凤坝十里以内凡可写标语的地方都写上了。我们写时,有些好奇的孩子便围上来看。他们认不得字,我便教他们:

"打——倒——日本——帝国——主义!"

可他们只是羞怯地笑。大人呢,看也不看一眼。

逢场日,科里全部出动到场上宣传。我们在街边用长绳拉起自画的连环图画,拿着喇叭筒演讲,唱救亡歌曲。但是没有多少人听,因为人们要忙着赶场、买卖。只有时演出活报剧可以多吸引一些观众。

我以为我在政治部近半年中所做唯一比较踏实的事是这年腊月底去慰问出征军人家属。我有一本残缺的日记,记了当时的经历,现在摘抄一些于下。

## 二月十三日　星期一

白晖夫妇、科里两个同事和我一同到金龙坝去慰问出征军人家属。慰劳品是食盐。这一带山区是比较缺盐的。

走进一个姓伍的人家去。一个眼皮发赤而湿漉漉的老妇人一看见我们是军人就显得慌张,惶惑。她是那个出征军人的婶娘。她的亲娘正卧病在床上。我们问她:

"你的侄儿是怎么去当兵的?"

"他们拉去的。"

我们告诉她当兵为了打日本强盗,保家卫国很光荣。

她说:"我们不懂这些啊,你老!"

"他走后有没有信来?"

"一去就没音信啦,你老。"

"你家现在生活怎么样?"

她指指一只黑黢黢的瓦盆,里面盛些吃剩的食物,全是粗劣的菜叶。我拈了点尝尝,味苦而涩。两个孩子都没有穿裤子。一个六岁上下的女孩的脚冻坏了,只用些破布缠着。她转着一双清亮而天真的眼睛好奇地把我们望着。

我们去到别处一家。出征人只有二十五岁，结婚才三年。现在家里的人口是：他的二十多岁的妻，一个一岁的女孩，一个寡嫂。茅屋里四壁空空，只有极简陋的家具。

"你的男子是好久出去的呢？"

"今年五月。他们半夜把他从床上拉起来就走了。"

"他现在哪儿？"

"不知道，你老。"

"你家现在生活怎样？"

"没有吃的啦。现在还有半坛子高粱。把这吃了就什么也没有了。"

我说："你们是抗敌军人家属。要是家里太困难，可以找保甲转请优待抗敌军人家属委员会救济的。"

她默默地毫无反应。我明白我这些话等于白说。因为我听说县上虽是有个优待委员会，但只是个空架子，它没钱，也没粮，从来就没搞过什么"优待"。何况即使有钱有粮，被"优待"的也只能是保甲长而不是她们。

我们送了她三斤盐——这是最大限度。她老是怀疑地不敢接收。待到我们放下盐出门时，才听见她的嘤嘤的哭声。

二月十四日　星期二

今天我们到小龙潭去。这保有三个"应征"的壮丁。

一家姓翁，有兄弟三人。一个去应征，不久一个又被抓了去。现在只有老二和六十几岁的母亲在家。我们去的时候，儿子才从地里回来。他的头发长到四五寸遮没了耳朵，面孔浮肿而无血色，衣服褴褛，赤着双脚，好像个监里的囚犯。母亲背伛耳聋，坐在火塘边烤火，好像个乞丐。她的唯一的活动是将一只手轻轻地抚摸卧在她足边的一只长不过一尺的仔猪。

我问他："你多大岁数了？"

"三十五，你老。"

"你娶亲没有？"

"娶不起啊，你老。"

"你家兄弟呢？"

"一样的没娶啦。"

"你家欠得有债吗？"

"有啦，十二块钱。是八年前爹死时借下的，利钱一年四斗包谷。年下付不起利，逼得人要上吊啦！"

我默算了算，一年利息四斗包谷，八年早已超过本金了。

我们也给他三斤盐。

在春季前后的一个多月中，我们走遍了二十里内几十户"出征军人"家属，他们的遭遇和不幸实质上没多大区别，只有一家在形式上有些不同。这是一家姓吴的中农。他的大儿子在一年前就外出当兵了。我们去时，这家子正为新年而忙碌，杀了一只公鸡，还在用石磨磨糯米，准备做年糕。父亲四十几岁,是个身板结实而精干的农民。他高兴地告诉我们:保长在上一天由联保处给他带回一封信,是河南来的。信内附有儿子的照片,佩着武装带,穿的皮鞋,已经当上排长了。可是我一看信,写信人却不是他的儿子,而是他同连的一个朋友。他告诉他们:他儿子最近已在河南前线牺牲了。这一家子没人认得字,保长只含糊地向他们祝贺一番,他们便天真地相信了。

慰问出征军人家属工作一完,我又回到办公室写些谁也不看的宣传品。我觉得很无聊,也是浪费时光,于人于己都没有好处,便向白晖说我要回家看望母亲,又向政治部请了假,便于1939年初离开施南回马边了。

## 一二 在《华西日报》

这是我在1924年外出后的第三次回家,距第二次的1933年又是六年了。母亲已由后街张家院子迁到西街居住,她也没再做针线活,而是做起小买卖来了。马边逢阴历的二五八赶场。赶场天,她天不明就起来到屠宰场去买猪血,在门外临街的灶烧火煮饭,安排桌凳碗盏,调和作料,煮猪血。到半晌午,赶场的乡下人来了,猪血汤也就开堂了。乡民长年吃青菜萝卜,不见油荤,而饭馆里的鱼肉又吃不起。只这猪血,十分便宜,一个当二百的铜圆一碗。这虽不是肉,却是猪身上的,多少有些油气。因此一来,生意便很兴旺。几年之间,她不单能维持生活,还攒了些钱,买下这问旧屋。

马边这个社会,在抗战军兴以后,也有些变化。国民党的失意政客、编余军官以及各种各类的冒险家们纷纷来这儿从事开垦、种植鸦片和贩卖枪支子弹,一时市面显得热闹,而原来的还多少有点儿淳朴的世风,也就遭到彻底地破坏了。我到家的第三天,过继给伯母的我的大哥来看我。坐一会儿,他要上街了。立起来,在腰上摸呀摸地掣出一把乌亮亮的手枪来。他说:"坠在腰上沉甸甸的，不方便，暂时放在这儿吧，一会儿我来拿。"这使我大吃一惊。我哥哥小时候读书不用心，书没读好。过继给伯母后，游手好闲，常赌点小钱，但是很本分的。现在却也带上这东西了。我问母亲，她叹口气说："这是时风。现在哪个年轻人身上不带刀呀炮的呢。还有，他住在乡下，也要防贼。只要他不为非作歹就阿弥陀佛了。"

我想我在家里能干什么呢？母亲老了，我这个当儿子的不能奉养她，难道还让她颠着一双尖尖小足，为人端饭送汤，找钱来供我么？我想还是出去的好。我给一些从前的朋友写信求援，不久之后，收到谢崇周的回信。

谢原是南京《新民报》的总编辑，随报社迁来重庆。我因白晖的关系认得了他，又由于同是新闻界便常有接触。现在他已离开《新民报》去到成都，做了《华西日报》的总编辑。他要我也去那儿工作。我说服了母亲，便去成都了。

《华西日报》设在五世同堂街原省一中校舍里——学校因防空袭疏散下乡了。校舍很宽，我一人就独住了一间大屋子。

社长雷啸岑，湖南人，这人的来历我不清楚，当时是四川省政府参议。这张报是国民党官办的。谢崇周名义上是总编辑，实际却没大管事。他这时正忙着当四川省临时参议会的参议员，在省三青团也担任有职务。他自己佃了个小公馆，坐上私包车，奔走酬酢于豪门权贵之间，已是一个小小的政客了。我的工作开始是和两个同事轮流编辑国内新闻，每工作六天休息三天。以后改为写短评编副刊。报社里原有些进步人士，如赵其文、李次平和唐征久。赵和我原本是相识的。开始时,他们以为我是谢的人,对我有些疏远,但后来看出我并不和他走一条路,彼此关系就融洽了。

我在《华西日报》时间只约半年——1939年7月到1940年1月。这段时间里,日本帝国主义在政治上对国民党进行诱降,在军事上全力打通粤汉路,同时不断派大批飞机狂炸成都、重庆和乐山等地,造成惨重的财产损失和人民的伤亡,而在社会上则出现了种种和抗日救亡极不相称的乌烟瘴气的现象。我在这时期写了不少的杂文,对这些现象进行了揭露和抨击。我在副刊上开辟了一个专栏,名叫"说难篇"。这有二义:一是话说国难;二是借韩非这个篇名,以示说话难之意。因为自这时候,国民党为了加强对舆论的控制,凡认为有碍的稿件便删改、扣押,不准发表。在这个栏目下,我用"蒙""穆"等笔名写了约四五十篇。到这年底,因为扣押、删削太厉害,好些文章无法发表,我不得已最后写了篇《哀说难》,宣布停刊。现在选附几篇在此,以见当时的社会情态和我的思想态度。

### 悼吴佩孚

吴佩孚死了。他是一个军阀,但他也是一个北方硬汉子,一个中国传统文化道德陶冶出来的有着强烈的国家民族意识的爱国军人。

由于他的思想认识囿于封建主义,看不清时代的潮流,因此在中国革命的进程上曾起过极大的障碍作用。后来他终于发现自己错了。在下野以后，他息野故都，深自隐晦。不出洋，不入租界，更不愿勾结外来势力，重做祸国殃民的勾当。他老而且穷了，但老而弥硬，穷且益坚。

"七七事变"后，敌寇总想利用他出而组织伪政府，以收揽华北民心。日寇汉奸的说客日日奔走吴门，威胁利诱并用，但他始终屹然不动，坚决拒绝了敌伪的一切阴谋谤惑。不久前，报载汪逆精卫派其爪牙持汪亲笔致吴长信，往谒吴佩孚，被吴撕信痛骂。我看了这条消息几如读《正气歌》，使人凛然感到中华民族正气之不可犯。

我不愿如某些人一样，只要人一死，不管他生前是什么坏蛋，也把他捧上天。我之追悼吴佩孚是出于衷心尊重他的民族气节。请看北洋军阀，今日能以名节全终者，除吴佩孚之外，尚有几何人？

## 奴隶意识的再现
### ——看菊展会有感

这次菊展中，有名"西太后"者，据说为慈禧遗种。报纸宣传，号称"名贵"。大会方面特设案桌，供之当中。这几天来看菊展的人也争以先睹这宝贝为荣。案桌四周人头济济，一赞三叹，不胜依依。所差的只是向着案桌三跪九叩，高呼"老佛爷万岁"了。

那菊花，我也去看来。我觉得它还不及普通的菊种，实在看不出它"名贵"的地方。要说花以人贵吧，那么一手制造戊戌政变，杀六君子，囚清德宗，在中国近代史上留下空前耻辱的清朝"淫荡而阴险的女人"，反动的封建势力的总代表，也该受到崇拜了。

我不知道，万一"溥仪陛下"忽而风雅起来，和他的日本顾问亲种"傀儡皇帝"菊花，而这种"名贵"菊花又传来成都，人们又对它怎样？

胡适博士昔年曾入清宫会溥仪，出来向人说"他称我先生，我称他陛下"，士林引为耻辱。呜呼，"新文化巨子"犹难免，况于遗老遗少哉！

## 谈哥老会

哥老会的"海底"《汉留外史》我曾经看过。内中除去一些神话似的传说，一些带着太浓厚的封建色彩的"香规""戒条"之外，大体上还是一本值得看看的东西。它将中国旧有的道德加以具体化、通俗化，使在士大夫口中的虚假的仁义礼智在汉留社会中得到灵活的运用和新鲜的活力。而且，一部汉留史实际就是三百余年来的中华民族革命运动史。明亡以后，"受恩深重"的士大夫率先纷纷投降，倒是一些中下流人士还有点骨气，义不屈膝。一些孤臣孽子利用哥老会的秘密组织，暗中进行反清活动。我们可以说，三百多年来的民族主义思想得以一脉相承，至于不断，哥老会是起了一些作用的，至少在长江流域的中下层社会中。

反正以后，由于反清的目的已达，哥老会的思想意识便模糊起来。加以一些比较优秀卓越之士又多脱离了袍哥组织，于是这个组织的性质逐渐发生变化，末流所至，藏垢纳污，举凡抓红吃黑，作奸犯科，欺压良善，包庇赌博，以至于勾结土匪，贩卖鸦片，无所不为。在川南，一个土匪不讲袍哥就站不住脚；同时，一个袍哥如不通匪，也吃不开。这么一来，汉留组织的灵魂民族意识固已没有，便是仁义礼智等封建道德精神亦已扫地无遗了。

最近，省临参会开会。一位参议员打算提出"根绝哥老会"一案，另一位参议员闻而止之曰："算了吧，将来我们都要回家乡的。"

我写至此，是决心暂时不回家乡的了。

## 在蹦蹦戏院中

最近，因为偶然的机会，我看了两次生平未曾见过的蹦蹦戏。

蹦蹦戏是以"淫荡"著名的，而我看的两场中之一恰恰是号称为最淫荡的《马寡妇开店》。

其实这出戏的中心思想在于宣传封建道德，警告世人天理报应如何不爽,并没有什么诲淫之处。然而,由于观众自身的意识下流、卑劣,由于演员须要迎合观众的这种下流、卑劣的心理,才使得它变得淫荡起来。

一当马寡妇解衣喂乳之际,场中一片嚣骚。有拍掌的,有跌脚的,有叫"好"的,有喊"要得嘛!再亮开些!"的。一些人脉奋口张,其兴奋之状似乎恨不得要马寡妇把裤子也扒下来。

剧台旁边挂了一面牌子,上写"奉××××谕请来宾勿高声怪叫"。然而一些观众的腐化意识的爆发正像喷火的火山口似的,哪能止得住?

看过两回蹦蹦戏,使我深深感到荒淫与无耻的心理是怎样有力地支配着一些有钱有闲的人们。我不由得想起了罗马帝国的末期。那时候,罗马人也真把一切都玩得腻了,于是妙想天开,使人和兽斗,把美丽年轻的女郎去喂狮子。坐在斗兽台四周,穿着华丽的东方丝织品抹着由南洋来的香料的罗马贵人,不断地喝彩欢呼。那嚣声,我想也和蹦蹦戏院中的相似吧?

那时候,遥遥逼在罗马人身后的是日耳曼族,而现在,在我们身后的呢……

·旧　话·

## 一论峨眉剑侠[①]

翻开十四日《新新新闻》,赫然见有这样一条新闻,"运气功吐水杀敌　峨眉剑侠到重庆　自言其师已四百余岁"。不禁使人拍案惊起:啊呀,剑侠真的到了重庆?而且还在机关地方"当众表演"?

这是"新闻",但却使我想起一桩旧事。

清德宗是一个比较有头脑的人,听了康、梁等人的劝告,便决意变法维新。这使反动的封建势力大大恐慌。他们费了很大的气力抬出慈禧太后,幽囚了德宗,驱逐了新党。可是,他们得势之后,又将以什么东西来挽救当时清室的危殆呢?寻去寻来,他们寻着了"义和团"。

义和团是以农民为主的反帝的群众爱国组织,因此称他们为"拳匪"是诬蔑。但它本身确实又带有浓厚的封建迷信色彩,而更不幸的是又为封建势力所利用。

义和团打出"扶清灭洋"的口号。他们自称刀枪不入,而且还有几种特殊的宝贝:雷火扇、阴阳瓶、引魂幡、混天大旗……只需把雷火扇祭入空中,就是满地雷火;把引魂幡一摇,洋鬼子便会一个个丧魂失魄,无疾而亡。这样,他们在亲王戴漪、兵部尚书刚毅、大学士徐桐等支持下,展开了"灭洋"运动。

---

[①] 《论峨眉剑侠》共有五篇,现选其中之一。

结果呢,大沽一战,什么瓶呀扇呀幡呀都丢了。在联军统帅瓦德西写的《庚子拳乱记》中记得很清楚。它为我们留下一个可笑也可悲的纪念碑。

现在,《新新新闻》载出的峨眉剑侠是以"吐水杀敌"。这是"硬功",比"引魂幡"之类就切实多了。只可惜慈禧太后已故——虽则前一向还有人把以她为名的菊花捧出展览——否则经过"御试"之后,倒可组织一个"峨眉剑侠吐水杀敌团"开赴前线的。

## 一三　一个转折点

1940年初,《华西日报》改组,雷啸岑去职,我也离开这个报。这时在资中天叙中学教书的介平在寒假中来成都,便介绍我去内江简易乡村师范教书。这个学校的校长王纯碧和我同是川大四届学生,她读的教育系,我们原也相识。这时我感到新闻工作只说些空话,没有什么意思,还是干教育工作踏实一点,便欣然应允了。

这所三年制的初级师范学校原在内江市,因防空袭,迁到沱江东岸三十里的般若寺。这原本是一座寺庙,在一座孤立的山头上。清代晚期,社会不断发生动乱。人们为了避兵防匪,建成堡寨。它环山筑有石头的城墙,只有前后两门出入。寨里有土地,还有个宽约两亩的池塘,足供几百人的饮用。环境是很清幽的。

学校有四个班,一百多人。我做女十二班的级任兼教历史。我在川大读的是外文系,学的是英语,但除在马边中学因无英语教师时我兼教英语外,在其他学校基本上都是教历史。此中原因,除去我个人的喜好外,还想在这国难当头,民族存亡绝续之际,多给学生一些爱国主义教育。"观今宜鉴古",不知古也不知今。我们这个国家实在是个伟大的国家。在四系文化中，只有中华文明生生不已，从没间断，这是世界上独一无二的，是值得我们自豪的。但是我们这个国家也是个多灾多难的国家。三千年的历史，乱世多而治世少，直到现在，山河破碎，已沦为半殖民甚至殖民地的命运了。这有其深远的历史原因，值得我们深刻反省、认真对待的。为此，我讲历史，在讲清史实的前提下，注意分析它的原因，指出它的影响，并试图让学生从中获得有益的启示。

在课堂教学之外，我还注意对学生进行时事教育。在大礼堂的墙壁上，我画了一张战区形势图，用弧线、箭头和红白色小旗标明战区敌我双方进攻和防御态势；又每隔一些时候向学生作一次综合性的时事报告，讲解国内国际政治军事上的重大问题。目的在增进他们的知识，扩大他们的视野，把个人的命运和国家民族的前途结合起来。

我在内江乡师虽只一年，但这要算我生活中的一个转折点。正是在这所学校，才使我对教育发生了浓厚的兴趣。这所学校的学生大部分来自农村，一部分是城市平民，家庭经济都不大好。学生们都比较天真、淳朴，生活刻苦，学习也很认真。我在和他们相处的一年中，眼见他们真如一棵棵幼树，绿叶青枝，逐渐向上成长，充满无限希望。我充分感到了人们常说的"园丁"的喜悦。这年终了，女十二班学生即将毕业离校时，作为班主任，我写了一篇长约六七千字的《送十二班毕业同学书》，对他们表示了我的殷殷的希望之情。文末以一首五言绝句作结：

· 旧　话 ·

> 惴惴临歧日，悠悠别母情。[①]
> 艰难伤国步，好作小先生。

这年暑假中，我突然接到马边地方各界人士的联名信，要我回去任正在酝酿筹备中的马边县立初级中学校长。

马边为什么要在这时创办中学，又为什么要我回去做校长呢？这是有它特殊的地理和历史原因的。

马边县位于四川盆地西南边缘的大凉山下，境内峰峦重叠，山高谷深，向为"边徼"之地。直到清朝初年才建立了相当于县级政权的马边厅。它由于经济落后，交通阻塞，文化也极不发达。在三十年代之末，全县只县城小学有高小两个班，全县小学生人数合计不超过一千人。学生小学毕业后，再要上进，便得徒步翻越重重大山，冒旅途跋涉的艰难和土匪抢劫的危险，北上乐山、成都，南下宜宾、泸州才能升学。因此直到1940年，县里曾上过高等学校的人屈指可数，而其中在大学本科毕业的不过两人。

抗日战争爆发以后，马边这个山区由于盛产鸦片，骤然繁荣起来。每年春夏之交，收割鸦片的季节到来，外来豪客，本地官绅商学，袍哥地痞，以至家庭妇女，只要有点能耐的，都千方百计弄来白银、枪支、珊瑚珠子、盐布酒锅、针线花边、腌肉米酒……前往彝区赶烟会，收购和调换烟土。没有钱的便去帮助收割，背运，做杂活。这种生意之所以有这般吸引力，是因为它花

---

[①] 当时同学多称班主任为"班妈妈"。

的力气少，时间短，而利益很大。要是搞得好，只需一两转，便可获到一年半载的衣食。但这也是危险的，常常有可能被更有力者吃掉。尤其是由马边将烟土贩运外出的路上，"大鱼吃小鱼"这一规律表现得特别突出。人们为了不被吃或吃人都要带枪。这中间最活跃的是一些青年人。有些小学刚毕业或不待小学毕业或根本没上过学的十四五岁的少年，开始时还没资格带枪，只是跟着某"大爷"或"二哥""三哥"跑腿，当"小老幺"，只有一把匕首插在腰间，这么混上二三年，便有一支手枪了。人们称这些青年为"三客"。他在贩运鸦片外出时是"烟客"；到山外卖掉鸦片，有了钱，花天酒地，是为"嫖客"；把钱花了，在回来时，便拔出枪来，从事抢劫，是为"棒客"。在这阵黑潮中，马边不少青年像抢浑水的鱼，很快就随潮沦没了。

这使马边一些有识之士担心了。1940年夏间，以董祝三先生为首的地方士绅们为了让青年们有个上进之路，倡议开办一所初级中学。在得到县府的同意后，成立了个校务委员会主持开办事宜。校长人选，省教育厅规定须有大学毕业资历，县上找不出符合这项条件的人，而省里要派人来，地方士绅们因为害怕堂堂一县找不出个校长引人笑话，又拒不接受。于是，人们想到了在内江乡师的我。我童年时代的噩梦未忘，外出后三次回乡的印象也不好。我不相信在那样的地方能干出什么好事来，便回信谢绝了。

之后，县里又去邀请贺昌群先生。昌群先生也是马边人，出生比我早些。他童年在家乡上了几年私塾后就去成都读中学。毕业后，去上海考入沪江大学，未几，因家庭无力供给辍学，考入商务印书馆编译所工作。他经过勤奋自修,成为国内知名的史学家。抗日战争爆发时,他在浙大做教授,随校迁广西。1939年,应马一浮先生之约到乐山乌尤寺创办复性书院,做教务长。马中开办时,他已辞去书院职务,领取教育部津贴,专事魏晋南北朝史的著作。他以桑梓之情难却,慨然允许回到马边,担起了马中校长之职。但是一期以后,他终于因为著作任务繁重,辞去校长职务,仍回乐山。于是在寒假中,人们再度来找我。

这次,故乡的情谊和贺昌群先生的榜样使我不能不严肃对待了。我写信告诉还在资中天叙中学教书的介平,征求他的意见。不料他回信出乎我的意料,他一反过去反对我回乡的打算,赞成我回去,而且大加鼓励。他以为在这半壁河山都已沦陷,民族前途岌岌可危的时候,凡是有热血、有良心的中国人都应该踏踏实实地为她做点事。尤其是教育,这是民族的根本,而边地环境污浊,更需要教育这一澄清剂。佛家教人:我不入地狱,谁复入地狱。生当今世,我们就是要有点献身精神的。

介平这番话给我很大的启迪,我就不再犹豫了。

## 一四　马中前五年

### 基本情况

我于1941年2月回马边接办马中。当时学校的情况是：

学校校址在西街前清的守备衙门。校舍陈旧而狭窄，只有教室两间，男女生寝室各一间，教职工寝室四间。一间约四十平方米的敞厅原来是衙门的大堂，现在就算是礼堂了。学校无图书馆、实验室、运动场。上体育课得到公共体育场去。唯一的运动器械是一只篮球。

学校开办时招生一班一百〇八人，现还不到五十人。本期又招了个预备班，有学生二十多人，共计七十余人。学生年龄一般偏大，有二十出头的。他们中的大部分已离开小学多年，男的多在社会上流荡过来。他们呼朋结伙，讲袍哥，拜把子，抽烟，喝酒，也赌钱，习气很坏。我到校的当天，就有个学生在校后山坡上放手枪，据说是"向新校长放欢迎炮"。

教师有专任二人，一为教务主任刘荷生，原为县政府科员；一为训育主任兼体育教师张育健，是重庆大学体育科毕业的。另外有兼任教师二人，资历都不合格。职员有事务主任、会计、文书各一人。当时住在学校的只有刘荷生和一个文书，刘有大烟瘾，身体不好，早上起不来。会计萧泰香在我来校不久后就到彝区赶烟会去了。整个学校没人管，学生迟到早退，打架闹事的事不断发生。

家长呢？有这么一个例子：一天，一个外地来的女教师正在上课。一个尖嘴猴腮，面皮青白的中年男人走到教室窗前，向其中一个小男生支支嘴。那学生把课本一合，站起来就走。她诧异地问道："你要干啥？"那男人笑笑说："先生，这是我的娃儿，我叫他去进步。"她以为"进步"总是好事，何况是他父亲亲自来叫他，就让他去了。下课后，她到办公室谈起此事，本地同事哈哈大笑说："进步就是参加袍哥。这在以前叫'引进'。现在袍哥也学着用新名词了。"

## 怎么办？

面对这样的局面，我怎么办呢？

前任贺昌群先生筚路蓝缕，开办这所学校是付出了很大的辛劳的。他是个既有丰富学识，也有高尚修养的学者。对学生的教育，他主张德化，以自己的言行为学生表率。我到校时，贺先生已去，我没有见到他，但在学校校长室外的后厅，他留下的一幅丰子恺画的《移兰图》和一副对联，犹有这种风范，给我的印象很深。但他在学校时间太短，而学生不良的习染又太深，几乎没有多少影响。我想："治乱世，用重刑"，在眼前这么一种混乱的局面中，不采取断然手段，首先理顺局面，德化教育是难以实现的。

于是，我首先制订一系列规则，禁止学生抽烟、赌钱、喝酒、打架、拜把子、操袍哥、自由进出学校，以及教室、寝室必须遵守的规则等。开始时，没有多大作用，这是因为一些学生恶习已深，积重难返，再加上班上有几个年龄较大的结成一团，操纵一切。其中有个姓吴的学生仗恃其家在县上有些地位，尤其横豪。一天晚上，刚上自习时，有学生来要求不上自习，上街去看魔术表演。我没同意。姓吴的学生就在下面鼓噪，裹挟一些学生，一哄出校。我立即宣布将这个学生开除。下一天，有两个校务委员也是地方上有面子的士绅来向我说情，要求我收回成命。我坚决拒绝了。这件事在社会、家长和学生中间引起的震动很大。以吴为首的团伙无形解散了。

## "四自精神"

> 凉山峨峨，马河汤汤，大哉吾校，肇造其旁。劳动、创造、战斗，自觉、自治、自强。同心同德，相亲爱相相将。要作光明先导，挽边区滔天罪恶之狂澜。

这是我到校不久写的校歌歌词。它大体上概括了我办马中的指导思想。说"大哉""挽狂澜""作先导"都有些夸大。但我以为在那么一个特殊的时代、特殊的环境里，为了唤醒青年学生们对时代和家乡的责任感，夸张一些，是有好处的。

稍后，我把它加以概括提炼，提出了我办学的总的纲领"四自精神"，即自觉、自尊、自治、自食其力。

自觉，首先是要学生认识到自己是个人，不同于一般动物但凭本能生活。要明白人生的意义、价值之所在，知道如何做人，恪尽人应该尽到的责任；其次是要认识到现在国家民族正处在生死存亡的大搏斗的关头，"天下兴亡，匹夫有责"，作为一个国民，我们的责任就是自觉地为抗战建国贡献自己的力量，至少不做有害国家民族的事情；再次，作为学生，应该自觉地履行学生的义务：努力学习，尊敬师长，遵守校规，团结同学，做一个品学兼优的好学生。

自治，对学生来说是变被动为主动，对学校来说是变消极管理为开发学生积极的自我完善的能力。我于到校的当期，首先发动学生成立学生自治会。此后，举凡学习、生活、劳动、旅行、集会以及举办大型的游艺活动，都在学校统一计划下充分发挥学生会的作用。这还不在于减少学校和教师的麻烦劳累，而更重要的在于可以充分地调动学生的积极性，增强他们的责任感，培养他们的工作能力，使他们的才能得到更全面的发展。关于这一点，我以后还会详细地谈到。

自食其力，这一要求是针对马边特殊地理情况提出来的。边地经济落后，人民都较贫困。一般子女在小时都要参加家务劳动，生活上颇为能干，其本质是好的。但由于文化素质低，犷悍好斗，加以烟、匪、袍哥的影响，遂相率滚入"三客"的邪途。

为此，我特别重视劳动教育，培养学生的劳动观点、劳动习惯，并尽可能使他们得到一些劳动技能的训练。我想：学生家庭大都贫寒，毕业以后要是不能升学，进入社会后有个正当的谋生本领，就不至于再走入邪途。当然，我这只不过是一种天真的幻想，不过在当时我却是很认真的。

### 初治环境

学校地势逼仄，房屋陈旧，墙壁灰暗斑驳，院子里寸草不生，实在不像个读书的地方。为了使它看来顺眼些，让学生心灵受到美的陶冶，我先对校内环境做了整顿。

我把前后院几片土地划拨给一、二班，要他们负责开辟为花园。他们利用星期天下乡砍回细竹，编扎成园子的栏杆；把土地挖松，垒成花坛，而后栽上紫荆、玫瑰、香橼等花木。这样，枯燥的院子里看来就多少有些情趣了。

对于墙壁的装饰，主要是发动学生做木刻标语牌。木板、油漆由学校提供。标语内容多是古今格言，如"天下兴亡，匹夫有责""富贵不能淫，贫贱不能移，威武不能屈""不劳而获的生活是罪恶的生活"等。此外，还刻制了些七尺左右长的对联。挂在礼堂讲台两侧的一副是：

艰苦忠贞，擎一方光明火炬；
勤劬奋励，树百载教化风流。

"艰苦忠贞""勤劬奋励"是表示我们的决心；至于"擎火炬""树风流"则是我们的愿望，也不过"高山仰止，景行行止，虽不能至，然心向往之"之义罢了。

这些漂亮的木刻标语牌醒目地挂在教室外和礼堂的墙壁上，学生们天天见到，无疑对于他们是有些启迪作用的。事过半个世纪的今天，一、二班学生都已头白了，但这些标语他们大都还记得。

### 修先驱路

学校范围太小，下课后学生活动不开，乱哄哄地好像一个蜂桶。为了扩大校地范围，给学生提供一个适当的活动场所，我们决定向紧靠学校后面的山上发展。山上原有节孝祠和文昌宫两座寺庙，都已残破，没有住人。登上坡顶，只见后接营盘山，前面可以俯瞰马边城市和绕城流过的清澈的马河，形势很开阔。坡顶上有一片比较平坦的土地，堆满乱石，长着丛丛的杂草，把它开辟出来，做个篮球场是满可以的。但从学校上来，没有路，于是我们决定先修路。

我把这一计划向学生宣布，立刻得到他们热烈的响应。学校没有工具，所有锄头、铲子、镰刀以及撮箕等用具，都由学生从家里带来。我和体育教师张育健先生把坡地分为四段，由四个童子军中队各负责一段，进行比赛，看谁完成得最快最好。结果我们原估计需一个星期才能完成的，由于学生们热情高，干劲大，只两个下午就完成了。

这是一条宽不过一公尺,长约七八十公尺的土路,路面也很粗糙。但这是学生们第一次劳动的成绩。他们表现出来的积极性是使人鼓舞的。

下午放学时,我宣布把这条路命名为"先驱路"。我问学生:

"先驱是什么意思,你们知道吗?"

一个学生回答:"先驱就是打先锋。"

我说:"对!我希望你们将来成为马边社会改革的先锋。"

## 开辟后山

在修先驱路后的下学期,学校招收了第三班,学生人数有所增加。我们决定把后山荒地都开出来。我们宣布:"为了扩大活动场所,美化我们的环境,我们要以愚公移山的精神,开辟后山。我们把这周定为拓荒周。在这一工作没有完成前,每天午后其他课外活动都暂时停止,集中力量进行突击,不达目的,决不罢休!"

这比修路就艰巨多了。要铲杂草,除荆棘,铲高填低,搬去大大小小的石块。天天都有人带伤,磨破手掌是常事。学生中有些人有点泄气了,但看见我和一些教师都照样在坚持劳动也就不好说什么了。

这项工程几乎用了一个月才完成。我们也采取比赛办法,把荒地分为五区,分别由五个中队——招收第三班后增编了一个中队——各负责一个区。按其成绩优劣,给以一种交通工具为队名。成绩最优的为"飞机队",次为"火车队",次为"汽车队",次为"马车队",最后为"骆驼队"。学生们对这些名称很感兴趣。"飞机队"的学生很得意这不用说了,便是"骆驼队"的也不泄气。他们自豪地说:"骆驼是沙漠之舟,是最能吃苦耐劳的。"

这些名称取代了原来的以数字为番号的队名,一直保持到第一班毕业。

### "五洲花园"

这五个新开辟区,仍划给五个队负责管理,栽花种树,分别称为亚细亚花园,欧罗巴花园……总称"五洲花园"。这时候,欧洲的纳粹德国已席卷欧洲,准备东进苏伊士运河,南窥巴尔干半岛,西面狂炸英伦三岛;亚洲的日本帝国主义者也正准备向西南太平洋发动新的侵略。世界硝烟弥漫,不是花园。所以取这名称,无非想使学生不要只看见眼皮底下这个小小的山城,应该放眼世界,具有一些恢宏的气度罢了。后来,据有些学生说,这五洲之名他们是就此记牢的。

"花园"里,由于土地硗薄、多风干燥,种花效果不好,我们主要致力于种树。规定学生每年应种植的数目。同时为了明确责任,保证成活,规定所植树苗都须挂上自己的姓名牌子。学期终了,由学校检查评比,活得最多的给以奖励。

这项工作，我们坚持三年以后，初见成效，已栽活了一些桐、桉、桤木。于是我们扩大种树范围，向更远更高的营盘山进军，当然这也就更为吃力了。这引起了县里一些人的关注。当时的县参议长也是学生家长的刘祖彬对我说："学生有好大点能力啊，你要靠他们绿化营盘山，恐怕到猴子生尾巴时都办不到。我给学校想点办法吧。"后来他用参议会的力量从犍为买来十万棵松树幼苗，又雇了两个工人从事种植。这使我们高兴了一阵子。却没料到营盘山接近牛羊市，这儿也就成了牛羊贩子们的临时放牧地。这给新栽的树苗造成极大的破坏。学校为了保护树苗，禁止牧放。你要禁，他偏要放，经常发生纠纷。直到民国终了，依然满山荒草，不大看得见什么树苗。

古人说："十年树木，百年树人。"在那样的地方，在那个时代，育人困难，植树也不容易的。

## 水流坂伐木

后山平整出来后，决定做个篮球场。

但半年过去了，场上依然空空的，没有篮球桩架。马边是山区，森林是有的，但市场上没有木材卖。经过一番计议后，我们决定自己上山去伐木。

11月2日是星期天，在前一天的午后，事务处买来几升包谷，交女生们煮胀，磨细，做成粑。男同学则准备砍刀、绳索、打杵等扛抬工具。星期天早饭后，我们集合学生挑选了年龄较大，身体较好的男生四十余人，女生八人，就出发去城东莲花山后的水流坂。我们砍了六棵杉树，剃去枝丫，斫成约四米长的圆柱，便就山溪边坐下来休息，喝水、吃冷粑。这时太阳已当顶了。之后，以六人为一组，负责抬运一根，编余的男生和女生打杂，携带师生们脱下来的衣服。新砍下来的杉木很沉，两人抬不动，改四人，也吃力，最后六人一齐上，捧的捧，抬的抬，吆吆喝喝，吃力而劳累。加上坡陡，路窄，转弯的地方又多，抬不上多远，就得放下来歇一歇。到日头偏西，已是下午了，还没有抬到半山，而同学们大多已觉很累，很乏力了。学生自治会主席杨作君来向我说："校长，好多同学的肩头都红肿了，怕抬不下去啊！"我说："不行，我和先生们也都在抬嘛。现在不抬下去，以后怎么办？告诉同学们一定要坚持。"然而此后实际已不是抬，而是把木料放在地上，用篾绳拴着，前面由人拖，后面由人用木棒赶，好像蚂蚁拖青虫似的。这么一来，进程就更慢了。

终于，只不过到半山，负伤的人更多，而天已暗下来，再抬下去，就会有危险了，我们才不得不停止。

在寒冷的夜风中和惨淡的月光下，我们回到县城时，街上已敲过二更，人家关门闭户，都已睡了。在学校礼堂上，我对又饥又累已站不成列的学生们说："我们今天为了建设学校，流血流汗。愿大家以后本着这种精神建设我们的国家。"

下一天，学生们主动要求去把木料搬回来。这一次，由于经过了一夜的休息，也因为有了些经验，终于一鼓作气把六根木料抬回学校了。

## 升降旗与时事教育

学校一早要在山上的球场上举行升旗仪式，然后是晨操。午后六点放学前又举行降旗仪式，时间约为半点钟。我们总是利用这个时间向学生作简短的讲话，如小结近日学习和活动情况，表扬好人好事，指出当前出现的问题和对学生进行时事教育。

学校一开始就重视对学生进行时事教育，引导学生关心国事，培养他们的爱国主义思想感情。我们绘制了大幅的日本侵华战争形势图和一整套世界人口、交通、经济、军事等的示意图，以供学生参考；学生会成立时事研究会，定期或不定期作时事报告。而更经常的是在降旗时的读报，每周三两次，每次十来分钟。为了督促学生经常留心时事，我们还常常临时指定学生上台来讲近期时事。大家开始很紧张，讲得也结结巴巴，不知所云，但经过一段时间的锻炼，也就能够适应了。

## 晚 会

学校娱乐性的晚会有两种。一种是校内的，多在星期六晚上举行。这是一种师生同乐会，或唱歌，或讲故事，或说笑话，"有宝献宝"。

最别致的要算"月光晚会"。这多是在学期考试已完，将放暑假时举行的。马中教职工伙食由学校供给，由于人少，伙食家庭化，自做咸菜，每年暑天必须做豆瓣酱以供全年食用。我们便利用开晚会时间，在院坝里安上几个大笸箩，盛上事先用水发胀的胡豆。师生们围笸箩而坐，一面剥胡豆壳，一面讲故事。老师们讲，同学们也讲。中外长短都不限定。我记得我讲过古希腊悲剧《俄狄浦斯王》和法国雨果的《悲惨世界》。夏夜里，皓月当空，凉风习习。师生一期工作已完，心情都很轻松，在这样的气氛中，故事更特具魅力。夜已深了，大堆大堆的胡豆已剥完了，而人们的兴趣似乎还未尽。

另一种是对外的，这多在节日或校庆时举行。12月初，一年一度的校庆是学校充分发挥学生的主动精神，进行创造性地劳动，并向家长和社会展示学生成绩和学校风貌，借以唤起各方面对学校支持的一种重大活动。时间一般是三天。内容除学生成绩展览，抗日宣传，寒衣募捐，体育运动外，晚上还举行游艺会，演出歌舞和话剧。我们演过大型的多幕话剧《边城》和《野猪林》，也演过自编的独幕话剧《混子归来》。当然这些演出是幼稚的、简陋的，但它对于师生的精神陶冶有好处，对马边那个文化生活极其枯燥的社会来说，也不是没有意义的。

## 野外活动

野外活动都在星期天举行。我们几乎把星期日变为星期七。这是因为马边社会风气不好，一上街只见茶馆酒店多是歪戴帽子斜穿衣的"三哥""二哥"。社会上除了晚上有时有袍哥们在茶馆里打围鼓外，没有正当的娱乐。学生回家去，也不会受到什么好的影响。于是学校尽可能为他们建供一些有益的活动。

最常搞的野外活动是野餐。办法是学生每人从家里带来一碗米、一块柴、一羹匙油，还缴少许钱买黄豆和调料。一到乡下，找个依山临水的地方住下来，就分头活动。女同学们多是烧火做饭，弄菜；男同学则磨豆子，搞采集。而大家最高兴的莫过于到溪里捉鱼。这往往是不分男女，一齐出动。人们从山坡上挖来苦葛根，就溪水汇积为深潭处，把苦葛根捶捣，揉洗。苦葛的白色乳状液汁混入水中，一会儿，鱼中了毒，开始在水面浮游仰白，于是人们便开始捉鱼了。女生只在下游浅水处蹚着水，捉些小鱼。大鱼是不轻易浮面的。有些水性好的男生一个猛子扎下去，一会儿浮出水面，手里擎着一条一尺上下的大鱼。手一扬，鱼落岸上。鱼在蹦跳，人在欢呼，溪上响彻了学生们的青春欢笑。

再有一种野外活动是爬山。在头两年中，我们几乎爬遍了马边城区附近的高山。

最有意思是爬莲花山。

## 风雨莲花山

这是一座像屏风一样矗立在城东的高山。山峰作莲瓣形，正当日出之处，因此称为"莲峰吐日"，是"龙湖八景"之一。星期六下午，当我把爬莲花山的决定向学生宣布的时候，山头上天空的彩霞还和他们的笑脸一样光辉。但是一到夜里就下起雨来了，这雨是典型的秋雨，不大不小，淅淅沥沥地落了一夜。到早饭后，雨止了，但天空仍很灰暗，院子里到处是水洼。学生们三五成群地在其间喧嚷。一见我就说：

"校长，天晴了啊！"

"不成。你们看：天空的黑云跑得多么快。"

"不会下大雨的，莲花山都亮开了。"

果然，先前为雨雾遮蔽的山峰这时已现出来，但在山腰里却横着一抹白雾，好像先前的帽子褪下来变了带子。

我集合起学生。我们的问答是很简单的。

"真的要去吗？"

"要去！"

"落雨呢？"

"我们不怕雨！"

"对！"我也高声说："马中学生是无畏的！"

十分钟后，我们都换上草鞋，背着斗笠，提了一个口袋，就出发了。大家走着，频频仰望天空，似乎有种奇怪的心理，希望下雨，而雨，也并不意外，一会儿就下起来了。爬到半山，雨愈来愈大。山岑空寂，只听到一片萧萧的雨声。挟上风，如麻的雨脚便飘忽不定。我们的竹叶斗笠实在不顶事，除一头两肩外，几乎全身的衣服都给打湿了。我和张育健先生为了照顾较小的学生走在最后，不知怎么一来就迷路了。蒙蒙的雨雾笼罩在我们四周，模糊了我们的视线，只见蒸汽状的白雾在我们身边奔腾，近旁的树木也在浮动似的。我们吹口笛，又大声呼喊，但除了风雨声外，没有什么反应。到中午时候，我们才到达峰麓的一户农家。雨已经停了，学生们也陆续聚拢来了。到此才知道我们的队伍在风雨中完全失散，分成好几个小组，而且有的组迷失更甚，被雨也淋得更惨，大家又冷又乏，不过兴致还是很好。大伙挤在昏暗的灶房里，围着一堆柴火，争话着各人有趣的经历。

休息中，我们向房主人购得三升包谷、一升黄豆，于是一部分学生开始做饭。其余没事的便嚷着再向上爬。雨虽是停了，但地面泥泞，树叶上饱蓄着晶莹的雨珠，一触动树枝，便像骤雨似的落下来。岩上，由于苔藓和腐烂的树叶极其容易滑跌，我们只得像兽类一样地爬行，好不容易才到达峰顶。山上全是茸茸的蕨类植物，深过人膝。山前面，好像就在人的脚下，是带状的马河和玩具一样的城市房屋；而在山后，放眼一看，是重重叠叠的荒凉山谷，看不见一户人家一块开垦过的土地。所有的是望不断的黄草和原始的寂静。学生们指手画脚，议论纷纷："这是一块多么好的游击区啊，要是日本人来了，我们就把这儿作为抗日根据地。"

但是，我却别有所思。我想，这广阔的土地是良好的牧场，其间也有不少的是可耕之地，却被完全荒弃了。要是我能率领起这批矫健如猿的学生在这里自建屋，自耕耘，自教育，该是很有意思的吧？

当然，我也明白这不过是一种空想。不过，我确信人类必须"劳而后食"，确信"不劳而获的生活是罪恶的生活"。因此，我主张不仅须接受"自食其力"的思想，还须获得实践这一思想的训练与技能。

归途上，泥路滥滑，我跌了好几跤。但我始终不能专注我的脚下，因为我的脑子里正盘旋着一个固执的思想：如何创办一个农场？

## 开办农场

1943年春，学校正式向马边县春季行政会议提出开办学校的附属农场。会议通过将南外较场坝坝地三十余亩又旧房一列三间划归学校作为农场基地。资金采取集股办法，在教师及第一班毕业生中筹募。以二百元为一股，预计筹足三万元，但实际不到三分之一。经营办法：场上设管理人员一人，雇农工两人，负责日常管理经营。学校学生每周去农场劳动两个下午。但在开办时和以后抢收抢种时间，农活紧张，则几乎每天下午课外活动时间都得去劳动。

农场除种大田作物外，还种了些果树。1943年寒假中，学校专派一班学生莫文金去成都买果苗。他在省农改所实验场买得苹果、柑橘、水蜜桃、金川雪梨和无核脐橙苗约六百株，又安哥拉种兔十只。他由成都赶船南下。当时水陆交通都很混乱，国民党到处拉壮丁。船不敢白天开，晚上行船，岸上时时有人打枪。船夫不敢划桨，让船随水自流。冬天岷江河水很浅，有些地方又筑有堤堰，船极易搁浅，而一搁浅，船上人便得下水背船。这样，白天停，晚上走，哪里天亮，就在哪里停。他和船夫、挑夫同吃同住同劳动。经过一个多月，回到学校时，他身上长满虱子，头发长得没了耳朵，衣服又脏又破。他出色地完成了任务，受到师生们的赞扬。树苗经农场抢种都成活了，这在马边引起了一阵轰动，因为这种良种果苗马边以前是没有的。

为农场付出了极大辛劳的还有杨再有。他也是第一班学生。他家在农村，懂些农活，为人极其淳朴、踏实。农场成水后，需要一个人经常住场管理，这样一来，就不可能兼顾学习，因此他牺牲学业，去到农场。他在农场两年，同两个工人同吃同住，任劳任怨，工作也很有成绩。1946年初，我因学校经费万分困难，无力再办下去，辞职离去马边，他也因父亲病故，回屏山中都他家去了。

关于农场收益分配，开办之初，经校务会议决定，以百分之三十补助在校清寒学生，百分之三十补助毕业外出升学学生，百分之二十作学校教职工酬劳，百分之一十作农场职工补助，百分之一十作股东红息。但实际上由于开办时间只有两年，除农场职工开支外，收入不多，只提取了少数钱补助升学学生。

1946年春，我一离开学校，农场也就垮了。

**修建留青院**

1942年第三班新生入学，校舍不足，我们把后山一座多年无人居住的破庙节孝祠作为男生宿舍。学校也没有木床，只由事务处买来几张粗篾晒席铺在大殿的地上，学生们就一排排地睡在上面。大殿两方无壁无门。夏天很凉爽，时有流萤满屋飞来飞去；

冬季，冷风穿堂对过，就冷得厉害。外地来的教师看了摇头说："这哪像个学生宿舍呀，连叫花营也不如！"

我一再向县上请求拨款加以培修，但始终不得解决。1944年冬，我出于无奈，向参议会提议发起个"万人三百元乐捐运动"，向社会筹募。参议会同意了，转报马边县政府，县府为了省事，把捐款分摊各乡。我虽知道这不是募捐而是派款，也就是在各种苛捐杂税之外再给老百姓增加一种负担，但我却无可奈何。

1945年春，学校请来六个木工，开始改建工程。当时物价比抗战前已上涨一千多倍。三百万元纵使收齐，也不过相当于战前的三百元。我为了让这点钱发挥最大的效益，请工人喝酒、吃饭，向他们说好话，希望他们看在这些可怜的学生面上大力相帮。工程开头进行得还顺利，但到暑假期中，收到的城区部分的捐款用完了。我找参议会，推县政府；找县政府，回答说："乡里的钱收不起来，没办法。"后来，参议会的副议会长王瑞儒给我出主意："派学生到乡下去找乡长坐地催收，当'靠靠匠'给他'靠'起嘛。他们拿学生娃娃有啥办法？"

我想这倒是没办法中的一个办法。这是暑假期中。学校惯例暑假期间都要办补习班——顺带说一句，这都是义务的——让城区学生来校学习半天。常到的有二三十人。我把十多名男生召集起来，向他们说明了原委。同学们认为这是为学校服务，都高兴地接受了。学生以三四人为一组，一组负责一个乡。下乡后，有的较顺利，有的却遇到麻烦。学生们跟在乡长身后，他上茶馆，跟着他上茶馆，他回家，跟着他回家。有的乡长不负责地说，捐款分到保上去了，我也收不起来，你们自己去收吧。于是叫乡上师爷带着他们从这一山爬到那一山。晚上回不去，就住在山上农家里。这么经过千辛万苦把钱收到了，他们带上钱回城路上又怕土匪。去菠坝乡的四人便分为两个组，以二人作前哨先走半里，到山口或转弯的地方看清楚确实没有危险了，向后面带钱的两个同学挥手，他们才大胆前进。

这年底，培修完竣，先前的破庙焕然一新，我把这原名节孝祠的庙子更名为"留青院"，取的是文天祥"人生自古谁无死，留取丹心照汗青"之意，还请当时乐山武汉大学文学院院长刘永济先生给写了个匾，挂在大门上。

## 耕耘　收获　悔恨

马中学生流动率很大。第一班招生一百〇八人，毕业时仅二十八人，占入学人数的百分之二十五。以后各班招生都只二三十人，毕业时都不及十人，其比例也大抵相同。

学生流失大的原因，有的是学习成绩差，跟不上班。学校对学生学习要求很严，凡学年考试成绩三科不及格的都得留级。有些学生一留再留，失去信心，便自动退学了。也有的是因为家庭有困难，家长不让读下去。对于这种学生，学校是尽可能设法予以帮助，如给家长做说服工作，给予一些钱物的补助，或者安排他们在学校做些临时工作。学校从1943年起，没有设专职文书和事务员，而把一名职员的薪金供给两名在校学生。有几个品学兼优而家境困难行将失学的学生，都因此得以继续读书，直到毕业。而更多的则是因为本人年纪大，社会习染深，读书本无兴趣，只因好奇，来校试试。这种人怎么也安不下心来。有这样一个例子：

学校农场有两只羊子被盗，向县府报案。县警察所一查，原来盗窃者是二班一个姓杨的学生。

杨已十六岁了。他的父亲是一个"滚龙"，家里开鸦片烟馆。他从小受家庭和社会的影响也染得一身流痞气。提劲打靶，惹是生非，屡教不改。他在把盗得的羊子卖掉后，拿着票子，招摇过市说"老子们有的是钱，随便耍！"他在一夜之间就把钱吃喝赌博花得精光。当警察去抓他时，他酣睡未起，还提劲说："你黑二队几支破枪算啥，看我给你扯来摔了！"

这个学生终于被开除出校了。

在这样一个环境中，教育的力量太微弱了。我们要以几个人的力量去抗衡一个社会风气对他的影响真是谈何容易！但是我仍觉不安。对于这个学生我确实尽到了一个教师的责任了吗？我想，教育工作好比做庄稼，"种瓜得瓜，种豆得豆"。禾苗长得好不好，固然天时地利有原因，但起决定作用的还在人和。要是人力未尽，甚至揠苗助长，那就"非徒无益而又害之"。对于这个学生我因失掉耐心，曾多次对他体罚，这可能引起他的反感，促使他更向反方面转化。在马中前期，受到这种粗暴态度对待的还有多人。上前年，我曾向一个学生当面道歉。他一笑说："那是校长望我们好，恨铁不成钢。"看来他完全谅解了我，但我对自己却毫不原谅。直到今天，我还感到深深的悔恨。

## 成绩归于教师

在马边要就地聘请教师几乎不可能，绝大部分教师都得从外地聘入，因而延请教师亦成为学校最大难题之一。

1941年我到校当年暑期，我去成都求助于我以前的一些同学。我向他们游说，乞求，谕之以理，动之以情，仍没有一个愿意的。有的开玩笑说："我没有犯法，为什么要充军去马边？"这一次去，我只找到一个我从前曾经教过而现时失业的青年和我同返马边。

以后我改变方略，找一些高中毕业，学得很好，但因家庭经济困难无力升学的青年，如高章全、刘瀛等。高做教务主任兼教数学，刘教语文。后来高去成都考上川大教育系，刘继任教务主任，他又介绍来他的同学周玉芹和张子明。他们工作努力，踏实，对马边当时的艰苦生活并不在意。其中特别值得称道的是刘瀛，他先后在马中五年多，两任教务主任，在马中付出的辛劳是很多的。

另一种办法是聘请乐山武大的在校学生。武大学生中有不少是流亡青年，他们家在沦陷区，在川没有什么生活来源。往往读不下去了，便须停学找点临时工作。曾来马中任教的先后有杨永炎、逄培、王葳等。王葳先生先后两次来马中任数理教师，第二次是1948年，其时他已患肺结核，常常咳嗽吐血，但仍坚持上课。这些教师都是有热情、有理想的好青年，在工作上也是积极负责的。当时学校不论级任或科任教师都要对学生全面负责，各科作业和每两周一次的作文都要全批全改，语文、英语都要背诵。教师早晚都要去教室里巡视，就近辅导学生复习和做题中的疑难。平时各种课外活动都要参加，基本上和学生打成一片，因此师生间的关系是很亲切的。

最后，特别要提到的是廖幼平先生。她是于1942年来马中的。为了共同的理想，我们于次年结婚。她除教学外，参与了校务的一切擘划经营，也分担了所有的辛酸艰苦。没有她的帮助，我是难以支持下去的。

由于这些教师的努力，马边中学尽管僻处山区，全县只有这么一所中学，学校设备也极其简陋，但学生成绩并不比内地的逊色。现以1945年毕业的第三班为例：这个班只毕业七人，其中一人因故未升学，有六人去成都升学。六人中一个是女生，考上市女中；五个男生都考上省立第五中学，其中四人同时考上石室中学，一人考上省一中。

由此我得到一点启示：一个好教师不一定在于他的学历有多么高，而在于他的责任心有多么强。

## 第一班学生毕业

1943年上期，第一班学生毕业了。

我们在经过三年艰苦工作之后终于看到第一批果子成熟，兴奋之情是可以想见的。为了安排好这二十八个学生的出路，我们苦心焦思，想根据每一个学生的学识、志趣和家庭境遇，为他们选择一条合适的道路。我们给甲以鼓励，希望他外出升学；予乙以劝勉，要求他去办学校的农场；丙呢，为他奔走活动，去乡镇小学做教师……我们自告奋勇要以教师而兼为人之父兄，因此不怕惹是生非，干预到学生出校后的行动。当时我确是把事情看得太简单了，但是那一番愚忱却是十分真诚的。

学生们呢，他们随同学校成长，参与了学校的建设，经历了学校的挫折和成就所带给他们的悲欢。他们对学校是有感情的。为了表达他们的心意，他们二十八人再去莲花山后水流坂砍运回四十一根木料，在后山修建个亭子以作纪念。亭子建在阿非利加园的好望角，因此这亭也名为好望亭。我给亭子作了一个记，现抄在下面：

### 好望亭记

1941年春，予来马边中学。因见校地湫隘，亦无运动场所，不足以供教学及师生游息，乃躬率诸生于后山开道路，辟草莱，铲高填低，得运动场一。复将余地划为五区，分命学生栽花种树，名之曰"五洲花园"，而阿非利加园主复戏称此地为好望角。

越两年，第一班学生毕业，于此筑亭以为纪念，名曰好望亭,并嘱予为记。因念公元1488年葡人迪亚士远航南非,至其西南端之海岬,遂通东西海路,因名之曰好望角。第一班诸生野水孤航,风波险恶。登斯亭者,其默祝其若迪亚士之好望乎?

这个亭子设计是个六角亭。当年只完成石基和石阶,次年春建成亭架,但这以后学校穷得来连教师的薪金也发不起,被迫停下来。1946年我离校不久亭子就垮了。

在学生离校前,为了表达我对他们的希望,我还写了一篇小文,现也附录在下面。

## 送第一班毕业生

三年了。时间骎骎过去。我们手植的洋槐已经盈把,玫瑰高过人头,桃树开过两度花,而你们也一天天地成长起来了。

现在你们像离巢的雏鸟,要展翅奋飞了。这使我高兴,然而也觉得惆怅。三年来朝夕相依,甘苦与共,历历旧事,都在目前。真是思绪纷纷,从何说起!你们试低头寻思,怕也同此感觉吧?

你们没有辜负我们的苦心,而我们也尽了我们最大的努力了。三年来怀着同样的理想认定同一的目标,在险恶的环境中,我们苦苦挣扎,仆而又起者好多次。到今天我总算把你们带着走完这段路程，我可以喘口气了。

然而新的不安却随着你们去日之逼近而增长起来。你们要走了，到哪里去？校门以外便是黑暗之海，迷蒙之雾，与夫险恶之风涛。我已经看出你们的足有些踟蹰了。

可是，"我不入地狱，谁当入地狱"呢？血火的战争正苦难着我们这个国家，而贪私的毒素也在腐蚀着这个民族。新中国的诞生为期尚遥，这就有待于你们的努力。你们也许会遭到打击以至于成为牺牲的吧？然而倘使新中国的祭坛上需要你们，这也是义无反顾的了。生当此万方多难、人欲横流、存亡荣辱、主奴人兽的关头，我们需要一点宗教家精神。释迦牟尼的悲悯，基督的牺牲，穆罕默德的战斗，以及孔子的"知其不可为而为之"的精神，你们都要学习。"高山仰止，景行行止，虽不能至，然心向往之。"只要能持之以恒，信之以坚，不移不夺，不屈不挠，纵使无成，也可俯仰人天，无所愧怍了。

## 我们的挫折

我在马中遇到的挫折有政治方面的，也有经济方面的。

在政治方面，由于我不喜欢作无谓的交际应酬，对马边那个乌烟瘴气的社会尤其深恶痛绝，这已使得有些人有"非我族类"之感了，而在办学上我的一些主张和措施尤其使人觉得异样。

1942年春，首先由马边县党部书记长李岫云发难，向四川省政府告我一状，说我有"异党嫌疑"。理由是学校没有开设公民课，图书室内有"反动书籍"，如《联共党史简明教程》等。省府批转马边县政府查办。县长贺德府亦因为我平时对他不很恭顺，对我不满，乘机向我施加压力。但是他们也明白单凭这两点还不能给我扣上一顶红帽子，而且学校在我主持下的一年多中，已取得明显的成绩，得到家长和社会的支持，他们要赶走我，是不得人心的。

曾经有这么一桩奇怪的事例可以说明一些问题。一天晚上半夜过后，马中一班学生冯孟顾和莫文金看见院子里有电筒光闪亮，又听到有杂乱的脚步声，他们觉得奇怪，出去看看。可刚走出房门，两支手枪管子便抵在他们胸前，喝问他们是干什么的。两人吓得直打哆嗦。原来这是李双林和他的弟兄伙。李是马边有名的"三客"英雄，凭贩烟、抢劫起家，成为当时马边最有力的一个武装团伙。县长贺德府为了安抚和利用他，委任他为县侦缉队的大队长。这一晚半夜，他听说有人从营盘山下来进入马中校，所以他带人前来查看。下一天，李双林又来校见我，向我道歉，说昨晚他们担心有坏人来学校捣乱，所以特来保护学校，请我不要误会。他说他小时候因为没读书，所以才走上这条路。他对学校办得有成绩表示钦佩。还说学校经费有困难，今后他可以提供一些帮助（所谓"帮助"是真是假不知道，因为此后不多久，李因十分专横，与手下弟兄伙火并，被一阵乱枪打死了）。

我们办学力反烟、匪、袍哥，而烟匪袍的李双林却要保护帮助学校，这在边地是奇怪的矛盾统一。

大约也是这个奇怪的矛盾统一的作用吧，贺德府也没认真"查办"。他只是要我和学校教师都加入国民党，"以明心迹"。我把这一情况告诉教师们。一位女老师一听就火了。她说："岂有此理！我为啥要受这狗夹夹的辱？我不在你这儿教书就是了！"其他教师也很愤慨。我觉得很矛盾，接受吧，受不了这肮脏气；拒绝吧，又觉得对学校感情上有些难割难舍。学生们知道都慌了。他们来围住我说："校长，你们走了，我们咋办呢？"

我的心软了。我向教师们恳求说："为了学生，我们就做点牺牲吧！"

最后，教师们同意填一张入党表，此外不承担任何义务。

我在马中先后七年，始终没让国民党和三青团的组织和活动进入马中，学生也没有一个人参加三青团的。在政治上，我们基本上顶住了。

然而，经济上的压力却把我们摧垮了。

马中经费来源主要是学校创办时报经省府批准随牛羊税附加征收的"兴学乐捐"。马边是山区，向来重牛羊的饲养。抗战以后，边区经济畸形发展，牛羊的需要激增，本地不足供应，便常从西昌、云南贩进大量的牛羊。牛羊市场兴旺，牛羊税的收入也大大增加，因此学校的经费应是不成问题的。但它的主权不在学校，由校务委员会管理。税收采取承包制，而承包的都是地方当权人物或他们的代理人。这些人都是些"大嘴老鸹"。在承包上既要手脚，从中渔利，就是按预算应交学校的也随意挪用，拖欠不交。教师工资不能按月发放，一拖两三月。而尤其叫人为难的是学校因在边地，待遇低、生活苦，为了给教职工一点照顾，向来由学校供给伙食，常常因为领不到钱，无米下锅，弄到断炊的地步。

到1945年下期，我终于支持不下去了。这一年，我培修了"留青院"。原来发起的"万人三百元运动"捐款没有收齐，而收到的钱又贬了值，结果入不敷出，欠了工匠的钱。我向县府要求解决，县府不承认。我一气之下，接连向县府写了五通辞职呈文。到这年寒假时，我就坚决离开马中了。

## 一五 重返马中

我离开马边后,先在成都光华大学附中教了半年,继在第五中学教了一年半。

马边中学在这两年中间先后换了四个校长,学校每况愈下,地方人士又来找我。我呢,在感情上也忘不了这所我曾为它奋斗了五年的学校,于是于1948年2月,再返马中。

这时候,国民党政府发动了全面的内战,经济急剧恶化,政治更加黑暗。连马边这样闭塞的地区也有特务活动。学校原来的一个女会计常不在校,我把她撤掉,改任马中二班学生李鎰。这女人和特委会主任曾庆乔有关,她向他报告马中图书馆有"反动"书籍。曾又向县长王德报告。王找我到县府去质问。我说:"这是个老问题了。前任贺德府县长就曾查问过。这些书都是抗日战争时期生活书店公开出版发行,而在学校开办时由国民政府参军长吕汉群捐赠的。上面盖有吕参军长汉群捐赠的印记,可以复查嘛。"他仍蛮横地说:"现在是戡乱时期,不管是谁捐赠的,只要是反动书籍都要查禁!"

在这之后,曾庆乔曾支使人暗中侦察一个姓肖和一个姓杨的女教师，但也没捞到什么。

这个时期，我感情上最伤痛的是冯孟颀之死。

冯孟颀是马中第一班学生。他的父亲死得早，家境贫穷。他幼年生活坎坷，因此性格沉静，显得早熟。他很能干，学习也好，是学校的公费生。学校因为经费拮据，职员少，只有一个会计，一个文书。平时忙不过来，他在课余也参加服些公务。到三年级时，会计另有高就，走了，孟颀就正式兼任起会计来。所以，他不仅是我的学生，也是我的同事。当时，学校经费困难，我们处境艰苦，他不仅了解最深，而且亲身感受得也最切。他的工作是最麻烦琐碎、最吃苦不讨好的。为了讨索一点"米津"和牛羊税附加的"兴学乐捐"，他经常奔走于县政府、田粮处、县参议会，甚至茶馆和牌桌之间，到处碰钉子，但他从不灰心，也不抱怨。

1943年暑假开始时，第一班毕业生纷纷离校，孟颀本来已决定上成都升学，但因他主管的工作没有结束，还没走。直到他离校的前一天晚上，当他把账目结清时，已经夜深了。他来对我说："校长，外地要走的教师的工资都付清了，可是，明天连买菜的钱都没有了。"

我默默地抽一口气。

"怎么办呢？"他问。

我说："你不用管。明天，你就动身去成都吧，迟了赶不上报考了。"

他红着脸，显得很激动，但说话却有些嗫嚅。"学校这么恼火，校长也有困难。我不想去升学了。"

"不，去吧！学校现时还有我，将来就在于你们。"

是的，当时我对于这批青年是怀着莫大的希望的。特别是孟颀，他为人沉毅好学，多才多艺，性格又极其朴实，将来定是有出息的。我极力鼓励他去成都考一所好的公立中学的高中，以便将来继续深造。

他到成都后，首先考上省立成都中学，后来又考上省成师。他决定读省成师。他写信告诉我说，这一来是为了少花钱；二来，学师范将来做个教师，以好帮我一把力。我想，这也好。我只需再撑持七年，这支火炬便可由他来接替了。

谁知，这时候可怕的结核菌已经侵入他的肺脏了。他自来身体单薄，脸色也很苍白。入省成师后，开始有些咳嗽，这并没有引起他的注意。一年后，忽而吐血且一发而不可止。但他却瞒住我。1943年寒假中，学校有个教师上成都，到学校去看他。他正卧病在床。这个教师坐在他的床前，眼看他一咯一口鲜血，床前放个瓦痰盂，一会儿就吐了半痰盂。他的脸色灰白，肌肉松弛，眼光也有些暗淡。

他喘着气，眼泪纵横地对这个教师说："我这一辈子怕算……我对不起校长！"

这消息是半月后这位教师从成都回来向我说的。我当时像掉进了冰水里，从脚下一直凉到深心。又过了约一个月，他休学回来了。他的家在马边菝坝乡。他在学校休息了几天，他母亲派他

·旧　话·

弟弟孟承来接他回去，而一去就没有再回校来了。

在这以后的两年多中，听说他的病时好时坏，感情也喜怒无常，显得很反常。我曾一再写信鼓励他，要他振作起来，战胜疾病。但是我也清楚地明白，结核菌正在无可救药地销蚀他的肌体，忍不住要感到失望。我觉得他的生命正像一只断线风筝，越来越显得摇落。最后，当得知他的死讯时，只不过使我觉得这只风筝终于坠下来了。

孟顾的同学们要为他举行追悼会。我说什么呢？重回马中后学校的困难依旧，而世事却愈来愈使人感到失望。我只将我的愤懑与哀思化为一副挽联：

先驱路冷，好望亭荒，树木十年成底事；
黑海波翻，华胥梦断，抚膺一恸哭斯人。

## 一六　马边解放前后

马中开办后,毕业学生外出升学的渐多,到1948年时,先后已约三四十人,大都在成都和乐山两地,而尤以成都的为活跃。他们在成都学生反饥饿反内战的斗争中,接受了革命思潮的洗礼,成为马边社会一支进步力量,从而开始对马边的旧势力进行冲击。

1948年秋,马中第一班学生成华大学肄业的王昌泉和省农校的朱思文,自筹资金,创办了一家马边社会前所没有的新书店:"启蒙书店"。他们要我给书店写店名匾。我给匾上题了"启蒙"两个大字,又于其后写了个《匾序》:

> 反对迷信和权威,打破因袭与传统。以理性为归依,以自由为鹄的,此欧洲近世之启蒙运动也。马中校外同学新创书店,名曰"启蒙",其意亦在斯乎?若然,余将馨香祷祝之。

书店引进了一批新出版物,给马边社会带来一股新风,同时团结了一批马中校外同学和社会青年，开展了一些有益的活动。这引起了反动派的不安。国民党三青团执行委员萧泰香首先跳出来指摘，并在书店对面的一家店铺门枋上贴出一副气势汹汹的对联：

老夫冷眼观成败
小子何能敢启蒙

紧接着又发生了另一起事件。马边在成都的学生以旅蓉同学会的名义创办了不定期刊物《边声》，以评论家乡时事为主。1949年初出版《呼吁》专刊，集中揭露和抨击地方官吏土劣们的贪赃枉法行为。4月下旬，在成都读西北中学的马中学生龚定海因参加学运，被特务列入黑名单。校长韩怡民得知，给了他五个银圆，让他逃走。他带着这期刊物回马边。他通过文教馆的马中同学把专刊散发各乡，又把刊物和他自作的一首直指县长王德和乡保长剥削残害人民的打油诗张贴在县府大门外的黑板上。王派警察中队的兵抓他。他受到马中师生的保护，隐藏起来，才幸免于难。

1949年夏，国民党政府已呈土崩瓦解之势。成都学校多已停课，马中在外学生纷纷回县。临行前，王昌泉和朱思文等接受了民协康镜民向他们提出的任务：回乡开展"三抗"（抗丁、抗税、抗粮），伺机会成熟即组织武装发动马边解放。他们回县后，在马中同学中进行个别串联、谈心，传阅书刊，组织"赛德"（科学与民主的简称）篮球队和教唱革命歌曲跳秧歌舞等，广泛地进行了宣传,团结了马中校内外同学和社会青年。

10月间,黄雪峰来马边向我宣传当前革命形势,要我在马边有进步倾向的青年中组织"新民主主义解放社",聚积力量,以迎接解放。我以为要在青年中进行工作,以青年为好,便介绍王昌泉和他洽谈。王接受了任务,约集了十个马中学生,准备成立这一组织。紧接着,在11月末,舟坝地下党又派李令辉和李远才来马边和王昌泉及民革的王传猷取得联系。经过协商、准备,于12月16日发动了马边的和平解放。这次革命之所以能顺利成功,当然首要的是舟坝地下党的领导,其次是民革同志在马边掌握了一支地方武装力量,为发动和平解放提供了实力保证,而马中校内外学生和广大社会青年积极响应,在社会和部队中做了大量的工作,也是有所贡献的。

但是,在当时的马边,无论敌我双方,情况都是相当混乱的。

就我方来说,马边没有中共地下党组织,也没有共产党员。黄雪峰只在马边住了一个星期,去后便和我们没有联系。舟坝地下党的李令辉和李远才来马边,我曾向李令辉汇报黄雪峰问题。他说:"这个人来历不明,很值得怀疑,可能是红旗特务。"关于此事,"文革"后在落实"新解社"成员政策中,经查明黄雪峰早年曾参加共产党,后来又叛变,但他这次来马边河发展"新解社",确实是受了川西地下党党员的派遣的。由此可见:川西地下党和舟坝地下党虽同在马边河开展工作,却彼此没有联系。再说,李令辉在马边解放后的次日就离开马边,李远才不久后也去舟坝,这以后便没有什么指示给我们。因此,解放后的马边实际处于没有党领导的状态。

民革方面，王传猷早在1949年4—5月就在马边发展了一些成员，掌握了一些地方武装力量。他于8月初，又和舟坝地下党取得联系，决定建立武装。但这些我们都不知道。就在马边和平解放后，我们虽同处在一条船中，我对于他们这个民革的政治身份仍无所知。在没有掌舵人——党的领导下，这条船该怎么划，彼此也很少通气、商量。

对于"川西南军区游击队"第六纵队十六支队李秀华部的来历，我是清楚的。这个部队的组成人员较复杂，其中有一部分人是袍哥和"三客"式人物。他们虽是参加了革命，但思想观点还没得到改造，各有各的打算，民革领导人也难以掌握。因此，当马边解放后不久，部队给养发生困难，王传猷去部队驻所文庙动员一部分人员回乡时，这些人不满，就发生哗变。这就是所谓"文庙事件"。哗变人员胡乱放枪，当场打伤警兵，冲上街时，又打死一女青年。警卫副队长李大升去冲击县参议会，不料被参议会调来保护他们的彝民打死。李秀华一急，准备用迫击炮轰击县参议会。眼见城区一场灾难就要发生。幸经王昌泉、朱思文大力斡旋，把王骥、王传猷找来，共同协商。最后才决定成立一个"政务委员会"作为临时性的地方维持机构。

在我方情况是这样，那么在敌人方面呢？

马边最后一任县长王德是十分反动的。他一面指使特委会的曾庆乔加紧特务活动，一面派人到成都去游干班受训，妄图在边地负隅顽抗。但到1949年8月后李秀华部武装展开游击活动，先后两次把他外运的鸦片打劫之后，他预感到形势不妙，便于10月间以上省述职为名，离去马边，从此不返。随后，四川省府派出方启璜为马边县长，方走到沐川利店水天坪又被打死。国民党马边县党部书记长李岫云亦已回他的老家简阳。至此，国民党马边政权成了真空。李秀华部队开进马边，控制了县城和部分乡镇。在这同时，解放大军挥师由南北两面进入川东川北，蒋家王朝即将完蛋。在这样的形势下，马边反动派上层人士一片荒乱，如没头苍蝇。因此，当12月15日，王传猷在县参议会召开会议商讨和平解放马边问题时，地方头面人物几乎全到，会上也没人有异议，遂得顺利通过。下一天，在县体育场召开庆祝马边解放大会后的下午，参议会副议长王瑞儒兴冲冲地来对我和张鸿熹说："既然现在都解放了，那就请把共产党的入党表拿来我们填了嘛。"很显然，他以为这跟以前的国民党一样，只要表示拥护它，就可以填表入党成为党员了。

然而，过了些时，这些人渐渐回过神来了。他们看出来，原来闹解放的只不过是马边河这拨人。他们以为这不过是些"土共"，并不是真正的共产党。于是他们觉得自己上当了。参议会议长刘祖彬就在街上气冲冲地骂："妈哟，我们才是傻儿，糊里糊涂地就被人家装在口袋里丢下河喂鱼了！"也就在这个时候，雷马屏地区的各种反动势力正在进行新的聚集组合：以抗建垦社为首的反革命武装、国民党陈超部溃军、由外面潜入边区的国民党特务和马边的反革命势力汇集在一起，于是，一场全面的土匪暴乱的阴谋就形成了。

·旧 话·

"文庙事件"不久,舟坝地下党通知我去舟坝。在那里我见到解放军驻舟坝代表王庵峰同志。我向他汇报了马边最近的情况和问题。他又转介我去乐山向军管会汇报。我于1950年1月中旬到乐山,接见我的是组织部长王觉民。我向他详细报告了我所知道的一切,并迫切要求解放军迅速进驻马边。他允许和驻沐川的军分区副司令员梁俊亭联系,这是我第一次和党的领导人接触,王觉民部长亲切、诚挚和平等待人的态度给我留下了很深的印象。

我回马边不久,就由县政委会派董群林去沐川要求解放军进驻马边。2月上旬,三十师九〇团二营和县长张绍先率领工作队进驻马边,开展征粮剿匪工作。原参加马边解放的马中学生又都投入新的工作,一部分到连队作联系,一部分参加征粮工作队分赴各区乡,协助开展工作。

然而,工作开展还不到十天,吕镇华、陈超匪部勾结地方势力的全面暴乱发生了。解放军为了缩短战线,集中优势兵力主动打击敌人,张绍先县长和九〇团二营撤离外出,马边防务交由王传猷率领的原川西南军区游击队十六支队现改为县大队的李秀华部负责。王在敌众我寡的情势下,被迫撤退到县城西北接近彝区的雪口山。我和马中同学20余人亦随部队连夜转移。我们到达雪口山不两日,匪军一面派部队进逼,在篙箩寺和李部发生战斗,一面派李秀华的父亲来雪口山招诱他投降。我听到风声,急去找李秀华。在场上一户人家的阴暗的斗室里,他正和一个人对卧在床上抽鸦片,屋里还有一个人,我却认不得。我问他:现在大敌当前,情势很紧急,怎么办?他回答得很含糊,说他也不明白。

我觉得情况很不妙。和我同到雪口山的马中同学一部分到部队，一部分搞其他工作去了，和我在一起的还有六七人，其中有的是女生，我得对他们的安全负责。经反复考虑后，我决定立即带领他们转移到水碾坝王骥处去。王骥是王传猷的叔父，马边和平解放后他任川西南军区游击队第六纵队的司令员。他在水碾坝掌握有一部分武装。

我们到水碾坝后，得知王传猷终于说服李秀华，拒绝诱降，率领部队经过彝区到乐山去了。

我们在水碾坝住了几天，为了减少目标，决定分散。一部分同学冒险离马边外出，一部分悄悄回家。我得到家在城西乡间的杨作君和朱思文的掩护，住在山上农家。5月初，解放军出敌不意突袭马边，给匪部以沉重打击。匪徒们退出县城，于是我从山上下来，住在杨作君家里。

5月下旬的一个晚上，接近半夜时，永善乡一个学生家长托人送来急信：驻在乡上的匪县长萧泰香决定派人来抓我，哪里抓住就在哪里枪毙，要我赶快逃走。到哪儿去呢？在我惶惶然不知所措的时候，杨作君挺身而出，愿意护送我到白岩山他亲戚家去。我们出得门来，急匆匆向三道水碾奔去。月黑天气，夜色如磐，道路也看不清楚，只是一脚高一脚低地胡乱跑着。在过一条小溪时，只见岸边一棵黄桷树下有千万只流萤绕着树干上下飞舞，把溪水也照得忽闪忽闪的，蔚为奇观。这时，不知怎的，我竟忽然想起傅咸《萤火赋》："不以资质之鄙薄兮，欲增辉乎太清。……当朝阳而戢景兮，必宵昧而是征。"

过了小溪。我们爬上南湾的半坡，估计没有什么问题了，才坐下来歇一口气。我向杨家所在瞭望，夜色幽暗朦胧，什么也看不清楚。

休息一会后，作君带着我继续向山上爬。下半夜到达他的亲戚家，一拍门，引起远远近近一片狗吠。我觉得这儿离县城并不远，附近也有一些人家，显然并不安全，而且也害怕连累他的亲戚，不如干脆逃出马边去。我和作君商量，他以为这样更好，又答应陪同我一道出去。

我们胡乱打了一个盹，趁天不亮，悄悄出了门。作君引着我，穿越山间小径，经下溪、利店外出。

1950年5月末，我们到达乐山，我才结束了我前半生的噩梦。

1991年4月26日三稿

图书在版编目（CIP）数据

旧话 / 李伏伽著. -- 成都：四川人民出版社，2022.1
（往事与随想 / 谭徐锋主编）
ISBN 978-7-220-12580-5

Ⅰ.①旧… Ⅱ.①李… Ⅲ.①回忆录—作品集—中国—当代 Ⅳ.①I251

中国版本图书馆CIP数据核字（2021）第248177号

JIU HUA
# 旧 话

李伏伽 著

| | |
|---|---|
| 出 品 人 | 黄立新 |
| 策划统筹 | 封 龙 |
| 责任编辑 | 李沁阳　赵 静 |
| 版式设计 | 戴雨虹 |
| 装帧设计 | 周伟伟 |
| 责任印制 | 周 奇 |
| 出版发行 | 四川人民出版社（成都槐树街2号） |
| 网　　址 | http://www.scpph.cn |
| E-mail | scrmcbs@sina.com |
| 新浪微博 | @四川人民出版社 |
| 微信公众号 | 四川人民出版社 |
| 发行部业务电话 | （028）86259624　86259453 |
| 防盗版举报电话 | （028）86259624 |
| 照　　排 | 四川胜翔数码印务设计有限公司 |
| 印　　刷 | 四川五洲彩印有限责任公司 |
| 成品尺寸 | 140mm×210mm |
| 印　　张 | 8.5 |
| 字　　数 | 176千 |
| 版　　次 | 2022年1月第1版 |
| 印　　次 | 2022年1月第1次印刷 |
| 书　　号 | ISBN 978-7-220-12580-5 |
| 定　　价 | 62.00元 |

■版权所有·侵权必究
本书若出现印装质量问题，请与我社发行部联系调换
电话：（028）86259453

让 思 想 流 动 起 来

官方微博：@壹卷YeBook
官方豆瓣：壹卷YeBook
微信公众号：壹卷YeBook
媒体联系：yebook2019@163.com

壹卷工作室
微信公众号